EL SILENCIO DEL AHUEHUETE

EL SILENCIO DEL AHUEHUETE

JUAN MANUEL LÓPEZ CAMPOS

ola PUBLISHING INTERNACIONAL

Hola Publishing Internacional
Eugenio Sue 79, int. 4, Col. Polanco
Miguel Hidalgo, C.P. 11550
Ciudad de México, México

Primera edición, abril 2025
ISBN: 978-1-63765-764-5
Número de control de la Biblioteca del Congreso: 2025906935

Hola Publishing Internacional es una editorial híbrida comprometida a ayudar a autores de todo tipo a alcanzar sus metas de publicación, ofreciendo una amplia variedad de servicios. No publicamos contenido que sea política, religiosa o socialmente irrespetuoso, ni material sexualmente explícito. Si estás interesado en publicar un libro, visita www.holapublishing.com para más detalles.

A las ventanas de tus ojos que me
mostraron el universo;
A los hoyuelos de tus mejillas
que me alegraron la vida;
A la Chufas de mi memoria,
a la Chufas distraída,
a la Chufas alegre y compartida
como el pan de cada día.

ÍNDICE

Cuando la Perversidad se asoma al alma,
los actos que cometemos son atroces, y, por el contrario,
cuando la piedad arropa el alma, la caridad llega
sin inconvenientes.
Perversidad y Piedad sólo convergen en la primera letra que
las conforma, pero tienen el mismo derecho de ocupar un
espacio en nuestro mundo aunque sus centros de gravedad sean
opuestos. Por eso sus consecuencias se ven recompensadas o
vulneradas, pero al final el universo vuelve a colocar cada una
en el lugar que le corresponde, regresando el equilibrio. A veces
se pueden tardar una vida, pero es tan cierto como el sol que
sale cada día y como cada amanecer comparece por decreto,
que el frío firmamento regresará lo que con acciones le pidas.

EL PATRIARCA HA MUERTO

Ignorando todo lo que ocurría a su alrededor, incluyendo el sosegado silencio, su mano se posó en la frente de su esposo y se dio cuenta que su temperatura corporal descendía a cada minuto. Calculó el tiempo de espera y por la posición en la que estaba reclinada la cama de hospital, tuvo que ligeramente inclinarse también para susurrarle algo en la oreja. La imagen reflejaba a una esposa abnegada, compadecida por el dolor que sofocaba el ambiente de la blanca habitación.

De su boca se desprendieron partículas que se reflejaron a contraluz y se colaron a raudales por las rendijas de las persianas de la mañana de un tibio domingo. Habiendo confesado el secreto, el cuerpo del hombre untado en la cama fría abrió la boca buscando aire y sus ojos desmesurados buscaron la cara de ella. Pero no salió sonido, sólo un resuello y a continuación le sobrevino un estertor mortal.

Ella tomó su mano entre las suyas y le dedicó una mirada de bondad. Volvió a su oreja, pues había dejado incompleto el mensaje final:

—Siempre supe que fuiste tú, malnacido… Nunca te lo perdoné—. Le urgía huir de la habitación en calma y dejar ahí la parte rota de su alma, la que le pesaba, la que le quemaba, la que odiaba, por lo que soltó, apurada y sin levantar la voz—: ¡Sólo permanecí aquí para asegurarme de que te largaras al infierno!

Él ya no escuchó sus últimas palabras ni sintió cuando le acaricio el rostro lleno de surcos profundos con sus cálidas manos y le cerró los ojos abiertos y saltones que la habían castigado los últimos días de aquella lenta agonía, cuando su cuerpo y su alma se negaban a morir.

Extrajo de su cartera una medalla con la imagen de la Virgen de Guadalupe y se la colocó sobre el restirado cuello. Lo contempló un breve momento, dio media vuelta y salió a la pequeña sala privada contigua para comunicarles con una voz grave y serena a sus hijos:

—Su padre ha muerto.

Y a continuación tronó un coro de exclamaciones y lamentos que había estado manteniendo la respiración bajo el denso ambiente. Se rasgó el silencio, liberando al tiempo y todos los ahí reunidos empezaron el cántico alegórico a la muerte con los llantos y los rezos de esta familia acaudalada compuesta por tres matrimonios y diez nietos.

EL ENTIERRO DEL PATRIARCA

La ley exigía una autopsia por la naturaleza de su muerte, pero la familia heredera usó su influencia y su dinero para evitarla. Simón García se fue intacto a la tumba.

La esposa, con un gesto tranquilo, frío y hastiado por un cansancio que se le fue acumulando con el paso del tiempo, había envejecido lo de diez años en el trascurso de cinco, justo lo que duró la agonía de su esposo, y soportó estoica hasta el final.

Una lenta hemorragia interna fue secando el cuerpo que quedó irreconocible. Una diarrea interminable terminó destrozando las entrañas del hombre admirado y conocido por la comunidad como el Patriarca, el que ayudaba a todos y contribuía con las autoridades, el que daba trabajo a los necesitados y construía escuelas para que los hijos de las familias de la comunidad no fueran analfabetas como sus padres.

—No quiero burros, prefiero caballos —repetía en referencia al carácter de sus empleados cada vez que estos venían con solicitudes de ayuda; él, el benefactor, el que les ofrecía un mejor futuro, ese era el hombre, el Patriarca, y por ello una buena parte de la comunidad, la que no olvidaba los favores, se dio cita para despedirlo el día de su entierro.

Simón García
1930-2007
Abuelo, padre y esposo.
"Descansa en paz. Tu vida en la tierra deja
la semilla vuestra en nuestros corazones.
Que Dios te guie a tu nueva morada.
Tu esposa, hijos y nietos agradecen
tu amor incondicional".

Así rezaba el epitafio en letras doradas sobre el mármol azul zafiro de su lápida.

Sólo había un hombre entre todos los presentes que estudiaba los rostros de la familia acaudalada vestida de negro, sus reacciones, sus gestos, sus amistades, era la figura de un adivinador en calma que se encontraba apartado para observar el cuadro completo bajo un cielo gris que amenazaba tormenta. Buscaba descubrir los indicios que le ayudaran a resolver el misterio, un misterio que enmarcaba un episodio que su mente fría le exigía resolver, el mismo que ahora, con el deceso, le regresaba los bríos y sus ganas de volver a ser de nuevo "el inspector Zaldívar".

—Sí —murmuró el hombre—, ahora viene la tormenta y no se equivocó en su predicción.

Ese día la tierra se puso en pausa para que pudieran terminar la misa y darle cristiana sepultura al patriarca de aquella comunidad y que tanto su noble familia y sus acompañantes, así como el cura y el personal del servicio funerario, alcanzaran a resguardarse, pues en cuanto cerraron el mausoleo se

desató el vendaval que sacudió los verdes encinos que adornaban el cementerio. Enseguida se abrió el cielo y bañó todo a
su paso, desprendiendo las flores blancas de las coronas apos-
tadas fuera. Los pétalos se esparcieron por el suelo en señal de
luto y tristeza.

INSPECTOR ZALDÍVAR, 2007

El inspector Zaldívar estaba a sólo un año de jubilarse, era un viejo zorro en la comisaría de policía judicial y ahora, con los nuevos cambios en la nomenclatura, ya no era inspector, era "agente del ministerio público federal". En fin, él ya no iba a estar cuando lo viejo terminara de morir y naciera la modernización que tanto se anunciaba.

Zaldívar a secas había ganado fama por desentrañar el secuestro de las gemelas, una historia digna de una película de suspenso que conmocionó a todo el estado debido a que en la trama estaba metidas las más altas autoridades. La fama le precedía porque no había un sólo caso que no hubiera resuelto, había llevado a la cárcel a más de un centenar de personas de ambos sexos y diferentes edades. No medía el impacto de sus acciones por razones de edad, sexo o nivel socioeconómico, mucho menos por la posición social, sino por los crímenes cometidos. Era un hombre práctico, su lema era y siempre había sido: "Si te aseguras de hacer las preguntas correctas, encontrarás las respuestas que buscas…"

—Lo demás es intuición pura, un olfato como el de los sabuesos —los perros de una raza de la que no recordaba el nombre y que veía en los programas viejos de investigación en la televisión, perros que hunden su nariz en la tierra para saber por dónde seguir el rastro que dejó la presa que persiguen. Pero a pesar de ser muy práctico, no le gustaba llegar a conclusiones precipitadas. Decía que estas inhibían la curiosidad y sin la curiosidad no hay investigación, por lo tanto se puede desembocar en malas decisiones—. Los supuestos no deben servir más que para crear hipótesis que obliguen al cuerpo policiaco a comprobar lo que se postula. Suponer es un pecado mortal en nuestra profesión y debería de ser desterrado de los vocabularios de las agencias de investigación de delitos graves del mundo —exageraba cuando compartía su muy particular punto de vista ante sus compañeros.

Todos los tipos que quisieron pasarse de listos y buscar atajos para enriquecerse o conseguir de formas delictivas propiedades ajenas habían encontrado en el inspector a un hombre infranqueable de apariencia agradable e inocente pero de sagaz mentalidad en una sociedad que se congestionaba cada vez más por el constante crecimiento.

El caso de Simón García le llamó la atención desde el inicio de su agonía. Se apersonó a husmear, pero se le prohibió siquiera acercarse. Simón García era un patriarca que no debía ser molestado por ninguna razón, ni él, ni su familia. La policía le debía incluso las instalaciones de la agencia federal, un edificio recién remodelado, así como las últimas diez patrullas policiacas.

Con el retiro de su antiguo jefe y la llegada de uno nuevo e inexperto, Zaldívar buscó la manera de investigar de una forma diferente. Su antigüedad le daba cierto margen de maniobra que le permitía no reportar en qué estaba trabajando. Aun así, respetó la indicación… por el momento. Se haría lo que se le pedía, pero se haría a su manera. Siempre había sido así.

Su vida policial era un acertijo, siempre encontraba caminos. Cuando se obligaba a observar bien el terreno por todos los ángulos posibles, generalmente encontraba las imperfecciones por dónde colarse.

Todos los signos apuntaban a un envenenamiento, pero los resultados del análisis toxicológico no revelaron rastro alguno de agentes químicos, físicos o biológicos, o de otras substancias que lo pudieran haber desencadenado. Ese examen lo llevó a cabo sin autorización, por supuesto, pero es que había algo en la mirada de la viuda, un misterio en el que bien valía la pena hurgar. A un año de su jubilación y sin ninguna necesidad de complicarse la existencia, decidió tomar el reto.

—No quiero retirarme siendo una planta de ornato sobre un viejo escritorio, asfixiándome con un puto ventilador de piso, contando los minutos entre desayuno y almuerzo o releyendo las novelas de vaqueros de Marcial Lafuente.

Pero para este caso las preguntas no hacían sentido, incluso antes de que se las respondieran los implicados, a él mismo no le cuadraban.

¿Cómo es que Simón García, con una diabetes que lo dejó casi ciego primero y después, por una complicación en la sangre, se le amputó una pierna, acabó sus interminables días postrado en una silla de ruedas, envenenado por una diarrea que lo vació hasta morir? ¿Por qué envenenarlo si ya estaba muerto en vida? Y, si fue envenenado, ¿cuál fue el fino veneno que logró esconderse en su sangre?, ¿fue acaso una eutanasia? O, la más cruel de todas las preguntas: ¿fue un castigo? La única certeza es que un infarto acabó con su vida, pero ¿qué lo desencadenó? Porque, al final, este fue sólo la consecuencia.

Todas estas eran por el momento reflexiones que le hubiera gustado exponerle al otrora hombre poderoso cuando todavía podía hablar, acompañados por un buen café de olla. Sus papilas gustativas saborearon el olor del café, por lo que se levantó para servirse de la cafetera una taza de café recién hecho. Esto le ayudó a despabilarse porque imaginar no era su fuerte, aunque era una manera de escaparse de la realidad que cada día lo asfixiaba.

En la realidad había límites y él era un hombre de límites. Y ahí, en su escritorio, ahora, tamborileando con el lapicero que tenía entre los dedos sobre la base de su escritorio, regresó al inicio, donde no tenía nada. Cerró con las últimas afirmaciones, las que nadie se atrevía siquiera a pensar y mucho menos a exponer. Dudó en escribirlas, pero, como siempre se le había criticado tener letra de doctor, decidió hacerlo, ¡qué carajos!

1ra hipótesis: La esposa, Daniela, lo envenenó para quedarse con la herencia.
2da hipótesis: Fue alguno de sus hijos.
3ra hipótesis: Todos están confabulados.

Por qué. ¿Por qué la familia no dejó que la policía se le acercara al difunto cuando aún podía hablar? Esto es lo que desencadenó las hipótesis, se dijo para justificarse del agravio que acababa de escribir en las hojas blancas con el logo de la policía.

Zaldívar utilizaba un método deductivo que lo hacía un agente efectivo y consistía en preguntarle a su compañero de investigación, un ente que no existía llamado Pareja, para guiarse a través de las preguntas. Siempre le había funcionado.

Cuando planteó las preguntas anteriores, se dio cuenta que no se las había hecho a su Pareja de forma ordenada y práctica, y por lo tanto no surgió discusión, es más, ni siquiera lo había incluido y, peor aún, la batalla de los misiles, es decir, preguntas, había sucedido sólo en su cabeza.

Releyó lo que había escrito en la hoja y lo comprobó y se cuestionó si no estaría muy viejo para resolver este último caso de investigación policial.

Algo personal lo empujaba a hacerlo, pero aún no sabía qué.

TRUDIS, LA ABUELA, 1952

Cada noche, la abuela Trudis, con la flama de una vela y la oscuridad como sus cómplices, dormía a su hija Daniela con historias inventadas que habían nacido en su imaginación. No sabía si la chiquilla de los hoyuelos en las mejillas y los grandes ojos marrones la entendía, aun así, Trudis se convertía en una encantadora de serpientes que al final de cada relato las domesticaba. No es que hiciera magia, era un antiquísimo truco que su madre le había enseñado.

La sombra de la flama agitada por el viento en la pared asemejaba un reptil que se deslizaba queriendo alcanzarlas y, cuando Trudis cruzaba la pierna con un cordón atado al dedo gordo del pie, tiraba de la puerta y con esto le cerraba la entrada al aire y justo en ese momento sus manos protectoras parecían suspender el ataque del reptil en el acto. La niña sonreía en señal de asombro, después se arrullaba con su dedito de la mano izquierda dentro de la boca como chupón, y así terminaba vencida por el sueño.

A Trudis este ejercicio de gozo y dolor le ayudaba a sanar el alma, era como expiar su cuerpo de lo que la arropaba buscando asfixiarla por algo que ella no había cometido, pero que muy seguramente algún antepasado sí.

Hablar de Trudis, la abuela, es hablar de la mujer fuerte, en la que coexistían muchas personas con un mismo carácter. Hablar de Trudis es remontarnos a los inicios, a cuando nació. No la hora de su venida al mundo, no; a cuando la necesidad la convirtió en lo que era.

Trudis poseía el único obrador, un enorme horno formado por piezas rectangulares que encajaban perfectamente, como rompecabezas, para transformar el barro en ladrillos cocidos a fuego lento. Su temple de acero le permitió crear un próspero negocio que por muchos años proveyó a toda la comunidad. Este obrador nació de varios intentos fallidos del marido de Trudis, cada uno con su respectiva deuda que al morir le heredó. Heredar es un decir, ya que todo el suelo que pisaban los habitantes de la Comarca pertenecían al Patriarca, al igual que las dos hectáreas que le rentaba el finado.

Su marido murió joven, de una extraña enfermedad que nunca supo cómo contrajo, sólo se fue apagando como un pajarito que de un día para otro deja de volar. Se dedicó solamente a dormir hasta que una mañana plomiza de mayo ya no volvió a ver la luz del sol. Los vicios como el alcohol, el juego de baraja y el placer por las mujeres de la vida fácil habían arruinado a muchos hombres en la Comarca, dejándolos llenos de remordimientos. El marido de Trudis no se salvó de esa tentación.

De su difunto marido ella heredó algunos conocimientos importantes que la llenaron de gratitud. El primero era la elaboración de un buen barro aprovechando el lodo del arroyo que bordeaba la parcela; después, la ingeniería para la creación de una fortaleza de más de 1,200 tabiques y, junto con esto, el secreto de los túneles que atravesaban de lado a lado esta construcción cuadrada, una especie de hornos por donde se introducía la leña encendida que mantenía el fuego vivo por veinticuatro horas para el cocimiento de los ladrillos; por último, el tiempo de espera de enfriamiento que definía la calidad del producto.

Los primeros ladrillos de barro que se hicieron en la Comarca fueron obra de ella. Aunque todo empezó con su marido y sus hermanos, la inexperiencia les jugó una mala pasada: se quedaron sin leña y los ladrillos salieron crudos, blandos y quebradizos. Al separarlos se rompieron como el cristal, lo cual les causó gran pérdida económica. Después de varios intentos fallidos, el hombre se dio por vencido y se refugió en el alcohol, hundiéndose en una espiral de angustia y depresión. Trudis tuvo que cargar con una enorme deuda y el recuerdo de un hombre que no supo aprovechar el potencial del ladrillo que tenía en sus manos.

El hombre no era un mal marido, siempre trató bien a Trudis y nunca le puso la mano encima como era costumbre en otras familias de la Comarca. Tres meses antes del desenlace fatal, en diciembre, llegó con una niña recién nacida, envuelta en una sábana, dentro de su morral. Era una criatura hermosa, de piel morena y pizpereta, con dos hoyuelos que adornaban sus mejillas. Con estas herencias Trudis tuvo que sobrevivir; la deuda pesaba más que la niña, por lo que el obrador debía ser el negocio que proveyera para la manutención de ambas.

Su nombre, Gertrudis, era complicado de pronunciar y a ella le avergonzaba cargarlo, así que acabó aceptando el diminutivo Trudis como bautizo de la boca de su hija. Esa fue la segunda palabra, después de mamá, que pudo pronunciar. A su vez, Trudis bautizó y registró a Daniela como su hija y nunca preguntó de dónde vino, sólo supo que había llegado envuelta como regalo de navidad. Por fin la vida le hacía justicia.

Cuando sepultó a su marido, Daniela se convirtió en su principal aliento de vida, su razón de ser, y a partir de ese momento no hubo un solo día de descanso para esta mujer que al final logró que su negocio prosperara.

Después de replantearse qué había salido mal, encontró una solución sencilla y económica para el horno. La falla estaba en la leña, que no era suficiente para mantener el fuego que producía el calor que aseguraba la uniformidad del cocimiento, además de que era excesivamente cara y escasa. Decidió ampliar los túneles de ventilación de tres a cuatro, aunque esto supuso un reto de ingeniería para que aún se pudiera sostener aquello de pie hasta que terminara todo el proceso; consiguió comprar a bajo precio las montañas de cáscara seca de coco que los ranchos de cocoteros jimaban para exportación, y con la ayuda de seis mocosos que no habían cumplido los quince años, reconstruyó en una semana el horno con 1,800 ladrillos cubiertos de lodo bendito del arroyo. Sus cuñados se negaron a colaborar, pero ella no se rindió. Al día siguiente, a las cuatro de la mañana, encendió las cáscaras de coco como leña y esperó cuarenta y ocho horas hasta que su obra quedó perfecta.

Aún calientes como pan recién horneado, de casa en casa empezó la venta a veinticinco centavos la unidad. Para finales de la semana había vendido todos los ladrillos, el resto es historia. Trudis no descansaba, tenía una motivación que antes no existía: Daniela, que cada mes se desarrollaba más, sonriente, sana y hermosa.

Los domingos hacía la comida de toda la semana, salaba pescado, secaba carne, hacía cecina, molía maíz, hacía masa, torteaba haciendo las tortillas de maíz puro, sacaba agua del pozo, hacía champú de limones y desodorante vegetal de esencia de flores y se festejaba con caldo de pollo de rancho para el almuerzo. Por la tarde se cambiaban las sábanas de los catres, se apaleaban los colchones y se oreaban al sol. Hacia el final del día ella y Daniela se bañaban con agua del arroyo y se cortaban el pelo manteniendo aireadas sus nucas para aguantar el calor. Terminaban agotadas, pero satisfechas.

Trudis nunca llevó la cuenta de los años que cumplía, se juntó con su difunto marido siendo un poco mayor que él y nunca le pudo dar hijos, quizás por eso nunca la aceptaron en la familia de él y ahora, ya muerto, menos. Ya no había nada que los uniera y, en un gesto de buena voluntad, sus cuñados le perdonaron las deudas y terminó por distanciarse de esta familia que la criticaba a sus espaldas. Así construyó su negocio desde cero, a pesar de la enorme deuda al Patriarca, una cifra de tres ceros que crecía cada mes por los intereses.

Fría, calculadora e inteligente como la luna que se asoma cuando debe hacerlo, entendió que el trabajo dignificaba su existencia y la hacía olvidar sus penas y que, en lugar de quejarse, era mejor emplearse a fondo para desarrollar sus destrezas.

Nadie sabía por qué era una mujer sola, pero si sabían de todos los poderes que la rodeaban y cohabitaban en ella. Ordeñaba vacas, criaba cerdos, chivas y ovejos, tenía gallinas, araba la tierra con una yunta de bueyes, sembraba maíz, partía la leña, elaboraba sus muebles con maderas finas y nunca faltó un plato de comida en su mesa para un necesitado. Robusta, blanca, de piel curtida, espalda ancha, brazos correosos y manos fuertes que le daban la masculinidad que se ocupaba para castrar cerdos, reparar cercas, multiplicar chivas con el ovejo macho. En su negra melena, al ras del hombro, comenzaron a platearse sus sienes. La nariz fina y respingada, la boca carnosa, las nalgas duras, las piernas como troncos torneados y el busto endurecido la hacían femenina y poco a poco respetada. Todo en ella era energía y lo que construía con esta dignificaba a la mujer de la Comarca y a menudo era vista como un ejemplo de trabajo, esfuerzo y de superación.

Como en todos los entornos donde conviven los seres humanos, se rumoraba que eran precisamente estas cualidades la causa por las que los hombres no se acercaban y que por eso no volvió a tener marido.

—Qué más da —murmuraba para sí cuando alguna vecina acomedida le chismeaba al oído. Viuda madura, dedicaba su vida a su hija y a su negocio.

Pasado el tiempo produjo hasta cinco mil ladrillos en un mes, ya no sólo de barro, pues encontró tierra caliza que mezclaba para fabricar ladrillos más resistentes y de mayor durabilidad que vendía al doble de precio. Con doce trabajadores, el obrador de Trudis creció en la medida en que crecía la población y consiguientemente los hogares. Ella era el único proveedor de este material, símbolo de desarrollo en toda la Comarca.

Era muy buscada para préstamos de dinero y especie, pero también para auxiliar en las enfermedades que aquejaban a la población. Trudis era muy buena curandera, sabía tratar mordeduras de víboras de cascabel que por la época de la primavera se reproducían y se multiplicaban como las flores. Tenía la habilidad de entablillar brazos, manos y dedos quebrados, y era la heredera de los conocimientos ancestrales curativos de la naturaleza con extractos de plantas medicinales. Sabía dónde encontrar la planta, el hongo, la costra del árbol correcta para ayudar con las dolencias que aquejaban a las personas. Era una experta partera y llevaba ya más de una docena de bebés traídos al mundo con sus manos colaborativas, siempre dispuestas a levantar al desanimado.

Trudis se distinguía por ser una mujer extraordinaria. Hablaba poco, pero con precisión y firmeza cuando era necesario: no maquillaba la realidad para los que buscaban su consejo o ayuda.

—Eres lo que haces, no lo que dices. Y no le pidas al Señor lo que quieres, pídele lo que eres —resumía mirando al cielo.

Aun así, los visitantes llegaban y se iban con huevos de gallina, sal, tortillas, ungüentos y remedios, siempre con un regaño compartido pero nunca con las manos vacías. Trudis era la matriarca de la Comarca, la que la tierra parió, pues nadie sabía cuándo había llegado a aquel lugar.

El negocio de la abuela Trudis creció cada año y con la llegada del Infonavit (fondo para vivienda) por parte del gobierno federal, las casas de ladrillo y cemento se multiplicaron, sustituyendo a las chozas de palma y de adobe. Este organismo otorgó créditos inmobiliarios a las familias para la construcción de sus casas y con esto se disparó la demanda de ladrillo a pesar de la resistencia a abandonar las viejas chozas en las que habían habitado toda su vida.

SIMÓN GARCÍA, EL PATRIARCA, 1962

L a modernidad y el desarrollo de la Comarca se manifestaron en los condominios de idénticas casas blancas de dos pisos con sala, comedor y cocina en la planta baja, y dos cuartos con baño compartido en la planta alta.

El obrador de Trudis no se daba abasto produciendo pedidos de doce mil ladrillos por mes, y su patrimonio creció tanto que no pasó desapercibido para el Patriarca. En cierta tarde de principios de abril este llegó hasta el obrador de Trudis tentado por la curiosidad de ver cómo funcionaba la elaboración del ladrillo. Encontró a unos mozos descamisados con pantalones de manta amarrados con mecate a sus cinturas, estaban enfocados, cubriendo con barro una estructura cuadrada que contenía 2,400 ladrillos, el doble de lo que lograban en los primeros intentos. Al verlo, los mozos interrumpieron su trabajo y se quitaron el sombrero de paja que les protegía del sol, en señal de respeto.

Simón García les saludó muy sonriente y les preguntó por la vieja.

El hombre de más edad de la cuadrilla le contestó, estrujando el sombrero en su vientre, que la señora Trudis apenas se había ido, pero que regresaría al anochecer a encender el obrador. La pila de cáscaras de coco apiladas a cada lado de la edificación daba muestra de lo que les decía a los visitantes.

El Patriarca, sin mediar palabra, hizo el recorrido como un inspector que supervisa una obra, siempre acompañado de sus dos caporales. Se apearon de los caballos y realizaron el recorrido parándose en cada estación, pues Trudis había ordenado las tareas.

Cuatro mozos hacían la mezcla de barro, piedra caliza y agua del arroyo. El Patriarca tomó un puñado del material y notó la pureza. Sonrió al darse cuenta de lo que había descubierto. Luego otros cuatro mozos llenaban los moldes de madera rectangulares de doce espacios para elaborar los ladrillos que posteriormente colocaban sobre una superficie lisa y limpia para su secado. Ambas estaciones estaban muy cerca del arroyo, en la parte baja del terreno. En la otra mitad de este, otros cuatros mozos armaban el horno y lo sellaban con sus manos y barro para evitar fugas de vapor y asegurar que su cocimiento fuera lo más uniforme posible. Los últimos cuatro mozos se encargaban de arrimar las cáscaras secas del coco a los túneles que atravesaban el edificio y que hacían la función de leña para mantener el horno ardiendo por veinticuatro horas continuas.

En resumen, ocho mozos en la elaboración de los materiales y otros ocho para la construcción, sellado y cocimiento. El Patriarca quedó perplejo por lo bien estructurado del proceso del obrador y exclamó:

—¡Vaya vieja!

Hizo una señal a sus caporales y se subieron a los caballos. Enfilaron hacia la casa de la abuela.

Cuando llegaron, el sol estaba en lo más alto del horizonte y la intensidad del calor había ascendido considerablemente.

Calculaban que eran las tres de la tarde. Trudis salió a recibirlos al porche de la casa.

La última vez que lo había visto había sido hace poco más de dos años, cuando le pagó las deudas de su difunto marido. De ese momento a la fecha, el Patriarca también había crecido el negocio familiar. La engorda de ganado y su posterior venta de carne a diferentes partes del país habían labrado su buen prestigio como ganadero: Simón García había triplicado el negocio familiar desde que tomó el control.

Trudis, secándose las manos en su delantal, salió al encuentro de los señores.

—Buenas tardes, señores, ¿en qué puedo servirles?

Había observado con mirada de águila a través del mosquitero de la puerta que cuando desmontaron había aparecido un rictus en la cara del jefe tras pisar la tierra.

—Vaya, vaya, vaya… ¡quién iba a creer que la vieja Trudis desarrollaría tremendo negocio! ¿Cómo estás? —le preguntó sin borrar una sonrisa que le atravesó el alma a Trudis.

—Estamos bien, no podemos quejarnos, Simón. Estamos bien… ¿y tú? Vi que al pisar te dolió la planta del pie, ¿me equivoco?

—Vieja astuta —respondió Simón—. Sí, vengo a que me saques una uña que me tiene jodido el pie, la pierna y todo el cuerpo. Tengo bastante dolor.

Trudis se hizo a un lado para que los tres hombres cruzaran el umbral de su casa y cuando entraron Simón volvió a exclamar, sorprendido, pues el piso era un espejo de cemento pulido en el cual podía mirarse hasta las arrugas del alma.

—¡Vaya Trudis, qué casa y qué piso! Es el primero de este tipo que veo en mi vida —soltó junto con un resoplido.

Antes de que se construyeran con ladrillo y cemento, tenían piso de tierra en toda la Comarca. Trudis había puesto una nueva mezcla para probar la solidez de su nuevo ladrillo y después los enjarró con cemento, haciendo un piso pulido plomizo que brillaba de limpio.

Haciendo oídos sordos de los comentarios, Trudis lo llevó a una parte de la casa que hacía de consultorio y le ordenó sentarse en un enorme equipal.

—Ponte cómodo. Y ustedes ayúdenle a quitarse la bota izquierda.

El Patriarca recorrió con la mirada los frascos alineados en una repisa de madera y se dio cuenta de que esta mujer acostumbrada a mandar era lo más ordenado que había visto en su vida, considerando que su madre era una señora de férrea disciplina que le gustaba el orden, la limpieza y odiaba la mugre, y se preguntó por qué le había pasado desapercibida esa mujer y su laboriosidad. Bueno, por eso estaba ahí. *Nunca es tarde*, se justificó. El obrador daba de qué hablar en toda la Comarca y quiso saber qué era lo que lo hacía diferente.

Cuando le quitó el calcetín y apoyó su pierna en un banco, Trudis se sentó en otro de madera para estar a la misma altura y le dijo:

—No tiene buen color, debes de traer la molestia desde hace más de dos meses—. Se levantó, tomó un frasco con unas hojas verdes y rojas remojadas en un líquido, mojó en el mismo un algodón del tamaño de un puño y cubrió todo el dedo gordo. Luego le dijo—: Vas a sentir frío, pero no dolor. Si lo hay, debes decírmelo—. Mirándolo a la cara descubrió a un Simón asustado, pero no habló y mucho menos se quejó—. Bien —cerró ella—. ¿Qué te llamó la atención de mi obrador? —le preguntó a la cara y sin miramientos.

—Todo —balbuceo el Patriarca

—No está a la venta —le respondió Trudis.

Él se quedó callado, pues le había adivinado el pensamiento.

—Todo tiene un precio…

—No —respondió Trudis—. Si hoy no hubieras venido, si tan solo te hubieras demorado un par de semanas más, habría tenido que cortarte el dedo para evitar la contaminación al pie —hizo una pausa para que entendiera la gravedad de la situación—. No, no todo se puede comprar —y con eso lo silenció.

Una vez que la anestesia hizo su efecto, tomó unas pinzas especiales y un chuchillo que bañó en alcohol, e inspeccionó la uña negra. Con el cuchillo hizo un fino corte en el costado del dedo gordo y de él salió una substancia viscosa y maloliente. La dejó caer en un recipiente y después, con las pinzas, tomó la uña. Firme, pero con delicadeza, con movimientos de un lado hacia el otro, la aflojó y al final la extrajo suavemente, como si desprendiera una hoja de papel sin romperla

Simón estaba como ido, pues no sentía dolor. Cuando vio la sangre se puso pálido y Trudis sonrió. *Vaya valiente cabrón.* Se guardó el pensamiento para ella. Le lavó el pie con un líquido de uno de sus frascos, provocándole un enfriamiento en toda la extremidad, y al ver la cara de interrogante, ella, muy seria, resolvió su duda.

—Es un desinfectante—. Esperó a que se oreara el dedo operado y al final lo cubrió con una venda blanca, dándole las siguientes recomendaciones—: Tres días sin apoyar el pie en el suelo. Lavar diariamente el dedo con agua caliente y con este polvo, es para que no se te vaya a *infectar* —e hizo énfasis de nuevo en esta palabra. Sacudió el sobre con la mano delante de su cara—. Y prohibido usar botas hasta que la inflamación baje—. Dirigiéndose a los caporales, dijo—: Ahora, ustedes, carguen a su patrón.

—Espera, espera. Trudis, ¿cuánto te debo?

—Nada. No me debes nada. Por cierto —antes de que los tres hombres salieran de la casa con el Patriarca al centro, en volandas, le dijo—: ¿cuándo me vas a entregar el título de propiedad de las dos hectáreas?

De forma descoordinada se dieron la vuelta; el movimiento de los tres hombres que formaban una figura amorfa causó risa en las mujeres y fue entonces cuando Simón García vio a la chiquilla de los hoyuelos en las mejillas, una aparición divina.

Se quedó mudo por un momento. Era hermosa y se estaba convirtiendo rápidamente en mujer. No pudo quitarle la mirada de encima y Trudis se dio cuenta.

—¿Quién es ella? —preguntó el ahora inválido.

—Es mi hija, pero no has contestado a mi pregunta

—Antes —y sin perder el hilo de voz que le recordaba que él era el Patriarca—, antes tenemos que hablar del obrador.

Haciendo una señal con el cuello, les indicó a sus hombres que dieran media vuelta para subirlo al caballo.

La orden quedó interrumpida en la puerta, al igual que ellos, que no pudieron pasar de frente los tres. Tuvieron que hacerlo de costado como en un baile, y en el movimiento alcanzaron a golpear el pie operado y el Patriarca soltó un grito a modo de despedida.

Trudis volvió a pensar, *vaya valiente cabrón*.

LA NIÑA DANIELA

D aniela creció rodeada de un universo de animales y tareas que cada día descubría, maravillada; era una niña muy inquieta, preguntona e inteligente. Además de enseñarle a leer y a escribir, Trudis se encargó de desarrollarle la imaginación contándole cada noche la historia de sus ancestros y la evolución de la vida. Era como una asignatura que ambas mujeres abrazaban para espantar la soledad y Daniela, como esponja, absorbió los conocimientos de la abuela.

Desde que cumplió cinco años, Daniela recibió cada año un animal diferente como regalo de cumpleaños: un conejo, una oveja, un becerro y finalmente un hermoso perro labrador de pelo dorado. Cuando Daniela tuvo diez años, Trudis decidió que era hora de que se relacionara con otros jóvenes de su edad y la inscribió en el catecismo de la parroquia de la Comarca. Allí, Daniela aprendería las leyes divinas y los mandamientos de Dios para prepararse para su primera comunión.

Daniela descubrió una versión de la formación del universo distinta a la que le había contado su abuela. Según el sacristán que daba las clases de catecismo, Dios creó el universo de la nada y en cinco días organizó lo que había creado. Al sexto día creó al hombre, el único ser hecho a su imagen y semejanza y con el poder de dominar al resto de la creación. A la mujer la creó a partir de la costilla de Adán y, al séptimo día, descansó.

—Todo esto lo hizo en sólo seis días —insistió el sacristán con entusiasmo.

Daniela se quedó pensativa. Le sorprendía enterarse de que la evolución de la vida en la tierra no era como se la había explicado su abuela. Esto la llevó a hacer preguntas directas que dejaron perplejos al grupo de catecismo y al párroco, que no supo cómo responder.

El párroco le pidió que estudiara el Evangelio antes de preguntar, pero eso no la detuvo. Daniela leyó el Evangelio con avidez y lo usó para formular las preguntas que sus compañeros temían o respetaban demasiado para hacer. Cada día subían de tono sus interrogantes, por lo que el cura intervino y no tuvo más remedio que intentar convencerla de que la religión católica era una cuestión de fe, no de razonamiento: se declaró ignorante y temeroso de Dios.

La joven Daniela tenía un aura diferente a los demás compañeros de su edad, era el misterio que se escondía atrás de sus ojos marrones, de la forma de mirar, de su forma de razonar, el de los conocimientos que se escondían en lo más profundo de su cerebro y las poses adoptadas de su abuela, pues era su modelo. Era todo eso lo que la hacía diferente, y "complicada", en palabras del cura.

—Cuando haces demasiadas preguntas es muy probable que las respuestas que obtengas no te gusten —le repetía Trudis cada vez que entraban a discernir sobre quien tenía la verdad—. No existe una verdad absoluta, es cuestión de verlo desde diferentes ángulos y formar tu propia opinión y, en consecuencia, tu criterio —cerraba la abuela.

Daniela, aunque no fue a la escuela primaria, superaba en conocimientos a muchos compañeros de su edad, la agudez de su inteligencia y la madurez que mostraba no iban de acuerdo con su edad, estaba por mucho muy adelantada y eso le daba la libertad para expresarse de formas que incomodaban. Su forma de ser y su belleza la salvaban cuando se formaban los casos de discusión entre compañeros. Ella no se cansaba de exponer sus argumentos y los defendía a capa y espada y quienes la rodeaban terminaban cediendo, complaciéndola para evitarse el cansancio y el disgusto.

Daniela caminaba a su aire y dejaba que el viento bailara con su pelo suelto, era una rebelde para su edad y de eso se enamoró un joven compañero que iba a ser fundamental en su vida futura.

LA PRIMERA COMUNIÓN

Daniela forjó su carácter con todo lo que había aprendido de su entorno y, como gesto de disculpa, le obsequió dos de sus becerros a la sacristía y con esto tanto el cura como el sacristán aceptaron gustosos la disculpa y dieron por zanjado el asunto de que la joven los había puesto en evidencia ante todos.

Un año después, la ceremonia de la primera comunión marcó el fin del catecismo. Era un día festivo en la Comarca y todos los padres asistieron orgullosos al acto presidido por el cura y el Patriarca. Trudis estaba allí para ver a su niña, que se había convertido en una bella señorita con un vestido blanco que simbolizaba su pureza. Daniela fruncía el ceño por el sol que los iluminaba con su luz divina, anunciando un nuevo comienzo en el camino del bien. Con el libro y el rosario en la mano derecha y la vela blanca en la izquierda, recibió el cuerpo de Cristo en forma de hostia.

El Patriarca, sentado en primera fila, no disimuló la mirada lasciva que la seguía como una sombra. Trudis se dio cuenta y por primera vez se le estremeció el cuerpo y el alma y como no era creyente miró al cielo en busca de ayuda y su plegaria no tuvo eco.

Después de la ceremonia religiosa, el atrio de la iglesia se llenó de gente y del aroma a birria de chivo. Más de un centenar de personas celebraron la eucaristía, precedida por unas palabras del Patriarca.

El Patriarca era el hijo del fundador de la comunidad, que había llegado de ultramar hacía más de cincuenta años con una docena de trabajadores y tres cocineras. Compró la tierra con oro y sembró ajonjolí y maíz. Entre la montaña al norte y el mar al sur, había un arroyo de aguas claras donde nació su rancho. Allí se fueron instalando chozas de gente que buscaba trabajo.

La cría de ganado empezó como una forma de limpiar los pastizales y ganar terreno para las siembras, pero se convirtió en un negocio más rentable que las cosechas de maíz, ajonjolí y sorgo; la venta de carne superó con creces las expectativas y así surgió la Hacienda la Estrella, que ahora tenía más de mil cabezas de ganado.

El padre del Patriarca había fundado la Comarca que ahora tenía más de dos mil habitantes y el Patriarca ahora tenía treinta y tres años, la edad de Cristo, como destacó el cura al presentarlo: él y la divina providencia eran los que proveían de trabajo a toda la Comarca.

Trudis recordó sus inicios al escuchar la historia que contaba Simón García, el heredero que aún no había nacido cuando ella llegó.

Habló con orgullo de su legado hasta que alguien le avisó que la birria se enfriaba, así que con un gesto adusto cerró su discurso y recibió un estruendo de aplausos unánimes. No supo si fue por haberles recordado la historia de su bondadosa familia o por las ganas que despertó el hambre ante el olor especiado de la birria de chivo, platillo tradicional del lugar. Después de comerse un plato y medio, se tomó un mezcal para ayudar a la digestión.

El Patriarca estaba en la cabecera de la mesa principal, reposando la comida, cuando Trudis enfiló hacia él para cruzar unas palabras. Él ya sabía qué quería la vieja y ella sabía que él se hacía pendejo con su encargo. Trudis fue más astuta que él y con el arrojo que le daban los años y la experiencia, le preguntó, sentándose a su derecha sin pedir permiso:

—¿Te gustó la birria, Simón? —mirando los platos barridos por la tortilla.

—Sí, estaba muy rica. La receta de mi madre.

Ella asintió y esperó a que eructara.

—La hice yo con mis chivos tiernos, es decir *no-nacidos*, por eso está muy blandita la carne.

Él recibió el golpe y no dijo nada, pero el palillo en su boca dejó de moverse.

—¿Cómo seguiste del dedo gordo?

Se volteó para mirarla a la cara al tiempo que le contestó, dejando ver su verdadera personalidad:

—Si estas esperando un agradecimiento por tu trabajo, déjame decirte que tú, y toda esta chusma que está comiendo, todo… todo me lo deben a mí y a mi familia.

Trudis sabía que su solicitud iba a ser rechazada y aun así le habló directamente a la cara.

—Simón, sabes que tu padre dejó por escrito antes de morir que todos los mozos de la hacienda la Estrella recibieran el título de propiedad como parte de la repartición de su herencia. A todos les cumpliste, menos a mí y a mi difunto marido—. No lo dejó responder—. Está bien, es tu decisión y la respeto. ¿Cuánto quieres por las dos hectáreas?

En ese momento perdió la cordura.

—Tu obrador, eso es lo que quiero.

Ella, sin inmutarse, le contestó:

—Está bien. Ofrece. ¿Cuánto me das por él?

Él se quedó sin argumentos, no sabía qué contestar.

Trudis se levantó sin quitarle la mirada de la cara.

—Espero que te haga buena digestión la comida, si no ya sabes dónde vivo. Yo estaré pendiente de tu propuesta... y de tu indigestión. Si te viene mal, yo sé aliviarla—. Se dio la media vuelta y ya no alcanzó a ver la cara de enojo del Patriarca, roja como un tomate.

¿Qué se cree esta pinche vieja?, pensó, pero se calmó, se dio cuenta que tenía muchas miradas sobre su estampa, y sonrió. El palillo en su boca volvió a sus movimientos.

Eso es lo que distinguía al Patriarca.

UNA PREMONICIÓN

Una madrugada se despertó sobresaltada y se percató que estaba empapada en sudor. Calculó la hora, probablemente eran cerca de las cuatro de una limpia y silenciosa mañana. Lo que la había sacado del sueño eran los graznidos desesperados de dos torcacitas que huían de un gran gavilán que los perseguía, las aves se comunicaban entre sí mientras intentaban despistar al depredador, revoloteando bajo las copas de los árboles.

Trudis miró por su ventana el espectáculo iluminando con la tenue luz de la luna y no pudo evitar sentir un escalofrío. Regresó la mirada al horizonte y vio que el gavilán ya traía entre sus garras a una de las aves que no paraba de graznar. Quizá fuera el olor a miedo, quizá fuera el dolor de las garras que la atravesaban… y entonces comprendió la señal que el cielo le mandaba.

La torcacita capturada alertó a la otra, o a la parvada, del peligro. Cuanto más se alejaban ambas aves, más nítido se escuchaba el aviso, pues graznaba en intervalos constantes y alterados.

Había sido una jugada inteligente haberse separado, el gavilán creyó haber cazado al ave pequeña cuando fue al revés, el ave había sido el cebo, se había sacrificado quizás la más lenta, endeble o vieja, por toda la parvada.

Regresó a su cama y no pudo volver a conciliar el sueño. Así la encontró el alba, mirando al techo con la ventana abierta.

Cuando se levantó se dio cuenta que tenía un plan en la cabeza. Al llegar al comedor, su hija la sorprendió con el desayuno servido, así que la abuela fue directamente hacia ella, la abrazó, y al hacerlo se dio cuenta que estaba temblando y no precisamente de frío.

—¿Qué tienes, abuela? —preguntó Daniela.

—¡Una pregunta inocente merece un beso! —contestó Trudis mirando la cara en cuyos ojos se podía alumbrar el amanecer entero.

La vieja siempre había sido muy hosca y nada cariñosa, por lo que Daniela se sorprendió cuando le dio un beso en la frente y le sonrió.

—Mi alma tiene frío... un frío que se cura con un abrazo —y la volvió a estrujar contra su pecho. Daniela abrió los ojos. No todos los días había besos y abrazos, de hecho, no se acordaba cuándo había sido el último. Y continuó—: La mejor manera de vivir con honor en esta tierra es ser lo que pretendemos ser. A partir de mañana te voy a enseñar lo que me apasiona —miró hacia un ala de la casa.

—¿El vivero? —Daniela le preguntó sorprendida.

—Sí. Mi jardín botánico.

—Pero, abuela, nunca me has dejado entrar…

Sin hacer caso a la sorpresa o al reclamo, continuó:

—A partir de mañana te voy a preparar para que vivas para ti, no quiero que vivas para otras personas—. Al ver la cara de angustia de su hija, le preguntó, impostando la voz—: ¿Me estás entendiendo?

—Me estás asustando... —replicó la joven.

—Quiero que superes tus expectativas y no las de otros. Yo te voy a entregar los medios. ¿Me entendiste, muchacha?

Volvió a ser la Trudis de siempre, la de las órdenes, la que dictaba lo que había que hacerse. Daniela lo entendió como una advertencia. Ya antes había hecho el intento de acompañarla a su rincón favorito y había sido despedida en más de una ocasión: nadie entraba a su santuario sin su permiso.

El desayuno transcurrió en silencio. *Qué poco duran los momentos mágicos entre nosotras*, pensaron al unísono.

UNA PASIÓN OCULTA

Trudis tenía una pasión que había cultivado desde que era una niña: le gustaban las plantas, y más las extravagantes, las extrañas, las inusuales, las que brotaban una vez al año. Su amor por la naturaleza se lo debía a sus padres, principalmente a su madre, una curandera que se dedicó en cuerpo y alma a su oficio a pesar de ser denostada por la época en que le tocó vivir. Esas eran sus raíces, forjadas en el bosque que poblaba la montaña.

Le resultaba apasionante sembrar, labrar, desarrollar y estudiar todo tipo de rarezas que sólo ella conocía y apreciaba. Con estas actividades mataba tres pájaros de un tiro: se mantenía ocupada y alejaba la soledad, ayudaba a quien lo necesitaba, y evolucionaba junto con sus cultivos. Pero lo que más le gustaba eran los experimentos botánicos, ya que injertar para mejorar o crear nuevas variedades era lo que al final valía la pena.

Los extractos medicinales eran su obsesión y podía perderse todo el día encerrada en su vivero, que era un pedazo de tierra protegido por un plástico grueso para evitar plagas y las inclemencias del clima. Tenía una puerta con un letrero de <NO ENTRAR> que metía miedo a quien osara intentarlo. Aquí guardaba, anotaba y sellaba lo resultante de su actividad febril, pues a diario se daba cita en aquel lugar que la hacía sentirse viva.

Había creado más de una veintena de pócimas, ungüentos y tés que aliviaban dolencias, fiebres, diarreas, angustias, depresión y hasta quejas de sus vecinos. Era su entretenimiento y el vecindario su experimento. No todo lo descubrió sola, sus padres le habían entregado los usos y beneficios de las principales plantas medicinales:

Damiana o planta del venado, un fuerte antidepresivo poderoso; cenizo para los problemas del hígado; raíz de sangre de drago para la caída del cabello; anacahuita para las vías respiratorias; prodigiosa para la diabetes; zarzaparrilla elimina las sustancias dañinas en la sangre; cocolmeca, un quema grasa eficaz para bajar de peso; yerbanis, un activo para todo tipo de dolores; árbol de san Pedro, valioso para la gastritis; ruda, ajo, limón criollo enano y otras más de cincuenta plantas cultivaba, cuidaba y compartía.

Había realizado sus injertos y explorado sustancias, creando mezclas que ponía en práctica cuando la visitaban sus vecinos aquejados de algún malestar, incluso económico. Había creado una anestesia tan eficiente que podía desde sacar una muela hasta cercenar huesos y amputar extremidades sin que el dolor apareciera en las siguientes doce horas. Tenía todo tipo de aromas e infusiones que completaban las curaciones. Era la partera más reconocida de la Comarca, casi una doctora, con el aval de cientos de pacientes curados, y a donde iba su canasto con pócimas siempre le acompañaba.

Aparte de su vivero botánico que se fue expandiendo en la medida que iba experimentando, Trudis guardaba celosamente dos cosas más. Una, su baúl, una caja rectangular de madera de xolocuahuilt cuya cerradura secreta era la combinación de las betas de la madera que se tenían que manipular en el orden correcto para abrirse. Aquí guardaba su dinero y otros documentos importantes, como las fórmulas médicas, las porciones en la mezcla de su ladrillo de piedra caliza y una que otra foto borrosa de sus antepasados. Este baúl no estaba a la vista de nadie. Cuando le puso el piso a la casa, Trudis cavó un hoyo para albergar tan valioso cajón, dejando la puerta al ras del suelo, y superpuso una alfombra del color del piso para disfrazar su ubicación.

La segunda cosa era el recinto ubicado en un ala de la casa, que en sí era una extensión de esta, con un metro de ancho que corría a lo largo, separada solamente por una pared de madera. Aquí albergaba, en una alacena con repisas de maderos labrados y acondicionados, sus "menjurjes", como ella los llamaba, una colección de frascos distinguidos por el color de sus tapas que la mujer mantenía ordenados como una botica. Nadie podía entrar, sólo ella.

Hasta ahora, los mozos sólo habían llegado hasta el porche que servía de recibidor de la casa principal, a la entrada del vivero, y hasta el granero donde se guardaban todas las herramientas y utensilios necesarios para operar el obrador, nadie podía traspasar el umbral de estos lugares y cuando en alguna ocasión se coló Daniela, una mirada represora de la abuela le dictó, "cuidado, prohibido tocar".

Cuando hacía las visitas al vivero, al baúl y a la alacena, sólo el silencio y su sombra la acompañaban. La superstición que le heredaron sus padres le recordaba su aislamiento hasta en sus pensamientos, y ahora la visión del gavilán y las torcacitas le acababa de cambiar la perspectiva. Daniela debería acceder, aprender y debería darse prisa. Ninguna sombra como la que la visitó en la madrugada presagiaba nada bueno.

El Patriarca le había declarado abiertamente sus urgencias y deseos, qué podía hacer la vieja, viuda y sola. Pero inmediatamente se sacudió el pensamiento: no era ninguna inválida y le habían enseñado a nunca compadecerse de ella misma. Levantó la cara, se anudó el pelo, salió y caminó con el sol de frente. No quiso darse el gusto de arrugar la mirada, esa era la clase de mujer que era Trudis, y se enorgulleció camino al obrador.

1967

Daniela se había convertido en una jovencita hermosa, de melena larga y negra. Cuando la abuela le hacía trenzas, le colgaban a cada lado como enormes aretes que adornaban su cuerpo espigado de unas insipientes curvas en crecimiento que la transformaban en mujer. Al contrario de su abuela, Daniela era muy sociable y servicial: le costaba mucho trabajo decir que no.

El catecismo le ayudó de dos maneras, primero a interactuar con los jóvenes de su edad con su manera de pensar y actuar; segundo, con el hábito de la lectura que empezó con los pasajes bíblicos y desembocó en las ganas de conocer el mundo. Su visión se extendió y comprendió que la Comarca era sólo un punto que ni en el mapa aparecía. Se le daba bien leer y siempre fue la sonriente participante que abría los diálogos después de cada enseñanza.

Trudis sustituyó la escuela primaria, había sido su maestra, le enseñó a escribir, a sacar cuentas y a leer. Y ahora, al momento de entrar en discusiones para llegar a los acuerdos, comprobó que sabía igual o más que sus compañeros que habían terminado la educación oficial.

Daniela poseía una mente brillante que le permitía combinar variables y responder con solvencia desde su perspectiva. Su curiosidad, amplia y profunda, la impulsaba a explorar y cuestionar lo desconocido. Esa actitud la había heredado de su abuela, según decía el viejo sacristán que ayudaba al párroco en el catecismo, quien sabía bien la historia de esas mujeres, antes de que Daniela llegara al mundo, al mundo de Trudis. Y es que, en su casa, la maestra era ella.

Daniela tenía asignadas tareas específicas en el hogar y cumplir con ellas fue una condición de la abuela si quería asistir al catecismo: alimentar a las gallinas, recoger sus huevos, mantener los corrales de los cerdos limpios, su avituallamiento, la leña acomodada y lista para su uso en el fogón, el lavado del maíz para el nixtamal hasta su molienda en el metate para convertir la masa para las tortillas. La armonía de las mujeres fluía siempre y cuando se hicieran los deberes y se rompía cuando algo quedaba incompleto.

Su entorno hasta los doce años había sido ese, el de los trinos de los pájaros, el del cacareo de las gallinas, el del olor a maíz remojado, a tortillas recién hechas y a leña recién cortada. No hubo muñecas —bueno, sí, una de trapo elaborada por su abuela— ni juegos de té, ni juego con otras niñas. Los domingos había río, pesca, cocina, y los días festivos ayudar en el obrador bajo el sol implacable, guarecido con un paliacate y un sombrero de paja sobre su cabeza. Así, Daniela se hizo mayor sin ninguna delicadeza o cuidado, y esto la convirtió en responsable de sus acciones y las consecuencias de estas. Sus compañeros, hasta antes del catecismo, eran el viento que acariciaba su cara y mecía su cabello, los árboles que le hablaban cuando el follaje se veía impactado por el mismo, el olor a humo y, por las noches, la cúpula estrellada y el silencio, ese que le susurraba. Ese era su mundo. Y Trudis la figura paterna que cuidaba que el universo en su conjunto girara en equilibrio, con las cosas ordenadas en el camino, sin alteraciones.

No sabía que tres sucesos le cambiarían el curso de su vida, como el discurrir de las aguas de un arroyo que se topa de pronto con una represa y busca eludirla para seguir su camino y su lento fluir para regresar al cauce buscando de nuevo la armonía y la paz. Quizás esto último ya no fuera posible, tal vez la gravedad obligaría a la corriente estrellarse con fuerza contra roca firme, provocando ruido y quizás, con esto, desorden y miedo.

PRIMER SUCESO

Sabino se crio entre el ganado del Patriarca, pues su padre era uno de los caporales de la Hacienda la Estrella. Era un joven tímido, bastante bien parecido, y dos años mayor que Daniela.

El flechazo fue instantáneo, la sustancia que desprendieron las feromonas hizo su tarea y se enamoraron. Parecía que la Virgen de Guadalupe los había unido, pues cuando se formaron los grupos para discutir un pasaje bíblico referente a su aparición en el año 1851 al indio Juan Diego, a Daniela y Sabino les tocó hacer la representación de la obra. Ella no paraba de sonreír, él hacía que se sintiera bien y cuando estaban solos parecía que sus almas se reconocían. La química que surgió entre ellos quedó de manifiesto en la obra que representaron: fue catalogada una obra divina y todos aprobaron.

El sábado, al finalizar la semana, la invitó a montar a caballo, una disciplina desconocida para ella, por lo que guardó el secreto a la abuela: no quería romper lo que le abrazaba el corazón.

Los largos paseos a caballo los acercaron y, para la mitad del año del catecismo, ya se habían rosado los labios.

Fue en una hermosa puesta de sol que apareció en el horizonte de una tarde naranja, donde él le ayudo a desmontar y cuando la tomó de la cintura para con suavidad depositarla en la grama. Ella le rodeó el cuello y lo abrazó. Sus incipientes pechos alertaron los sentidos de Sabino y no supieron qué hacer. Ella quiso mover su cara al mismo tiempo que él, hacia el lado opuesto, y al chocar él absorbió su aliento y ella, cerrando los ojos, buscó sus labios gruesos y cuando lo hizo se electrocutaron. La descarga revolvió su estómago, pues las mariposas querían volar y salírsele por todos los poros de su piel. Él ya no se movió, estaba acalambrado y sólo su corazón daba cuenta de su excitación. Correspondió al beso y ese sabor jamás lo olvidaría ninguno.

Después, tomados de la mano con la vergüenza acuestas, no se animaron a mirarse a los ojos. Daniela entonces supo qué era estar enamorada y se lo guardó para ella, como si con esto se salvara del desastre que se desataría cuando se enfrentara a la abuela.

Él respetaba su silencio, cautivado por sus respiraciones, y ella, exaltada, reprimió sus deseos como pecados, no fuera a ser que se ofendiera al Dios en el cielo que todo lo ve. Y así Sabino comenzó a aparecer por la casa de Daniela y Trudis como fiel guardián. Se olía de qué iba la cosa y un presagio la sobresaltó cuando el joven la saludó de mano. *Vaya que tienes arrojo, muchacho*. Pensó al tiempo que le soltaba una pregunta como un gancho al hígado.

—¿Cuándo pensaban pedirme permiso para andar de novios?

Aquello tomó desprevenido a ambos jóvenes, él mirándola a ella y ella bajando la mirada al piso. Estaban en shock.

Daniela se recuperó primero.

—Abuela, no somos novios —balbuceó.

—¿Entonces qué son?

—Amigos —completó la frase saliéndole un chasquido de voz y Sabino confirmó lo que le habían dicho: que la vieja era especial.

¿Cómo se dio cuenta? Estaba con esta interrogante cuando Trudis lo trajo de nuevo a la realidad.

—Aprovechemos que traes caballo para que me ayudes a sacar una raíz vieja de un encino en el corral, ven.

Diciendo esto y caminando, lo puso a trabajar y él se sintió a salvo, pues no estaba preparado para un interrogatorio inquisidor de esta mujer que le metía miedo y respeto. Cuando terminaron de sacar la enorme raíz en pedazos, le gritó:

—Lávate y arrímate a la mesa —era la forma de Trudis de aceptarlo.

Sabino probó una sopa de calabaza que en su vida había comido y un bistec con papas. Cuando salió de allí, había sobrevivido el temporal. Podría decirse que ya era el novio oficial de Daniela, por lo que no le cabía tanta alegría en su pecho en expansión.

SEGUNDO SUCESO

—Somos una generación que nació sin memoria —le dijo Trudis a Daniela—. Por eso hay que anotar algún indicio que te recuerde qué es cada cosa y que sea sólo de tu conocimiento—. Daniela no estaba entendiendo, pero no se atrevió a interrumpir—. Tú tienes que encontrar tu método. Yo te puedo decir el mío, el que a mí me funciona, pero... ¿me estás escuchando?
Daniela estaba pensando en Sabino.

—¡Eh! —reaccionó—. Sí, claro, aquí estoy.

—Aquí estas, ¡pero tu mente está en otro lado!

—Ay abuela —contestó con un dolor atorado; la jovencita no estaba entendiendo.

Trudis se incorporó y levantó la vista, acababa de acordarse de un pendiente, por lo que dejó de hacer lo que estaba haciendo.

—Vamos —le ordenó.

Salieron de la alacena llena de frascos, como en botica, atravesaron el corral y se fueron al arroyo llevando consigo unos recipientes que usaban como depósitos de agua para regar las planta por goteo. Los llenaron y el atardecer las invitó a sentarse como dos niñas en la grama bajo las sombras de unos inmensos eucaliptos.

—Soy descendiente de una madre vestida de negro, obcecada y analfabeta, pero en el brillo de sus ojos fulguraba un conocimiento intrínseco de las plantas de la montaña. Tuvo el coraje suficiente para parir una docena de hijos de un padre sordo, incapaz de escupir alguna queja y aun así irradiar ternura. Trabajó como burro toda su vida, así que me heredaron a medias los argumentos de la vida. ¿Sabes por qué? —Daniela movió la cabeza de lado a lado, sin abrir la boca, no quería romper esos momentos donde la vieja hacia una introspección y dejaba una enseñanza—. Porque la vida no puede ser dada si no es buscada.

"Tú tienes que encontrar el sentido de la vida. Somos como esos genes que no se acuerdan de su último salto generacional, vienen corriendo desembocados por una estrecha brecha de siglos y de obstáculos, y, de vez en vez, la muerte.

"¿Qué pasa si no saltan? Nadie sabe cuántas veces han saltado para llegar aquí ni cuantas veces saltarán para llegar con Él —señaló con su dedo al cielo—, El que está al final de la carrera, esperando—. Continuó —: Lloramos, corremos, caemos y giramos, vamos de un lado a otro como un depredador nocturno… con una pequeña diferencia, ¿sabes cuál? —Daniela volvió a disentir con la cabeza—. El racional humano.

"Al final, el hombre es consciente de estar consciente. Él nos dotó con este don: el animal nocturno no sabe que matar es malo, el humano sí. Es a esto a lo que quiero llegar. Lo que conecta a la humanidad es el dolor que ella misma causa y no se detiene hasta que llega la muerte. Pero también el dolor puede ser un arma para defenderte si así lo eliges—. Trudis, al ver a su hija perdida, se lo dijo sin más—: El mal reside en el ser humano porque nació con él, lo tiene adherido y su consciencia le obliga a usarlo, aunque en esto le lleve la vida. Nosotras… necesitamos ser conscientes de que también por dentro habita el bien. Eso he tratado de hacer con mi vivero botánico, ahí he plantado y cultivado las medicinas que erradican el dolor… pero también están las que lo provocan".

A continuación, comenzó el aprendizaje de lo que Trudis sabía, tenía y ejercía.

Daniela, como buena alumna, memorizó archivando en su cabeza lo que no se debía escribir y absorbió todo lo que pudo de su abuela, quien tenía prisa porque sabía que el tiempo actuaba en su contra, así que apuraban como un trago de agua fría para apaciguar la sed en mitad de una tarde calurosa de verano.

Las sombras del atardecer anunciaron el final del día y, cuando llegó, no se dieron cuenta. Daniela atravesó con su mirada el arroyo, buscando al animal nocturno, depredador, del que le hablaba su abuela, y no lo encontró.

Regresaron con los recipientes llenos de agua para el vivero y continuaron con la tenue luz de una bombilla de queroseno colgada en un arcón.

Del cultivo a las sustancias, de las sustancias a las mezclas, de las mezclas a las aplicaciones, de las aplicaciones a las reacciones, de estas últimas a las consecuencias, todo era parte de un todo conectado y probaron y se automedicaron, rieron, volaron y sus espíritus se abrazaron elevándose al infinito, despojados de sus cuerpos. Cuando se dieron cuenta dónde se encontraban, vieron el universo como una enorme burbuja perforada de pequeños agujeros luminosos y brillantes por donde se escapaba el vital líquido de la existencia: el oxígeno.

Comenzaron a aparecer nubes blancas semejantes a ovejas caminando hacia el horizonte azul y tras ellas la nube negra, la que cargaba con las desgracias. Llegó acompañada por explosiones de rayos y centellas que la atravesaron de lado a lado, y se despertaron sobresaltadas.

La maestra, asustada, abrazó a su alumna para infundirse valor y calor, pues estaban temblando de frío.

Tenían la boca reseca, la mezcla tomada las había llevado por un viaje astral de inconsciencia pura. Apareció la redonda luna, señal de que debía acabar la lección.

Salieron del vivero y miraron al hermoso cielo con el fondo estrellado y no, no se escapaba el aire en la noche silenciosa que vino a hacerles compañía.

TERCER SUCESO

Daniela quedó embarazada a los catorce años.

Sabino amaba a Daniela y ella amaba a Sabino. Aquellos paseos a caballo los llevaron a lugares donde podían entregarse. De los besos pasaron a las caricias, de las caricias a los suspiros, de estos últimos a los gemidos, a la calentura esa que provocan las hormonas y, cobijados por la sombra de un sauce llorón, tuvieron su primer encuentro carnal furtivo.

Regresaron cada vez que pudieron, hasta tres veces por semana, y se les hacían pocas.

Sabino, noble, simpático muchacho, había logrado que Daniela se fijara en él a pesar de no ser el más agraciado de la clase de catecismo. Su carisma contribuyó, la hacía reír y se sentían a gusto compartiendo algo más que su tiempo, compartían el hábito de la lectura y después de que la abuela lo aceptó, les recomendó lecturas obligadas para su edad.

Él, más grande de edad y altura, tenía bien desarrollado el cuerpo porque desde temprana edad su padre le había enseñado las tareas de herrar becerros, ordeñar vacas y domesticar caballos salvajes. Estas batallas le dejaron cicatrices que lucía. Pero eso no le ayudó en el problema en el que se acabaron metiendo, ninguno sabía cómo lidiar con el tema del embarazo y menos cómo comunicárselo a la temida Trudis. Pasaban los días y no sabían qué hacer.

No necesitaron decírselo, la vieja lo notó enseguida.

Se alegró al principio, pero rápidamente se entristeció y no supo por qué. Bastó con verla salir del baño para saber que su hija estaba preñada y le ayudó a destrabar el nudo en su garganta cuando le dijo:

—Dile a Sabino que venga —fue una orden tajante—. Y deja de vivir en la luna, te quiero aquí en la tierra —su dedo inquisitorio señaló el piso que ambas pisaban—. Así como Sabino te puso su granito de esperma, quiero que venga a hacerse responsable de tu persona y de lo que traes cargando —sus palabras expresaban desencanto.

Daniela volteó la cara para que su abuela no la viera sonreír. Cuando actuaba de esta manera le gustaba, le daba seguridad y la arropaba: eso era una muy buena señal. *Mi abuela me quiere y me acepta con mi estado, eso significa su perdón*, pensó.

—No, no te perdono… aún —le soltó a la cara leyéndole el pensamiento.

Daniela sintió unas enormes ganas de correr a abrazarla. Se le cayó la toalla al suelo y se abalanzó tomándola por sorpresa, se apretujó a su espalda y comenzó a llorar, empapándole el pelo.

Trudis se dio cuenta de lo alta que estaba su muchacha y cómo su cuerpo desnudo y tembloroso se había desarrollado. Se giró para abrazarla, pues no estaba enfadada, ese era el carácter natural de la vieja. Le dio todos los besos que le debía y selló con esto la discusión.

Después de la revelación con la que ambas mujeres se desnudaron el alma, se sintieron mejor, pero eran conscientes de la responsabilidad de la criatura en camino. Sabino, con la excusa del trabajo en la hacienda, apareció una semana después a enfrentarse a su dura realidad.

—Siempre hay una primera vez —fue el saludo de Trudis al solo entrar, y Sabino intuyó que lo que le estaba por venir iba a estar complicado.

—Hola —atinó a decir agachando la cabeza.

—Siempre un hombre debe ser responsable de sus actos. Cuando te responsabilizas, nace el hombre y muere el adolescente —Trudis siguió con su monólogo y los jóvenes se juntaron, tomándose de las manos para darse valor.

—No eres hombre porque haces un trabajo de hombre, eres hombre porque tienes el valor de hacerte cargo de las consecuencias de tus actos. En pocas palabras, hombre es aquel que está dispuesto a sacrificarse para darle vida digna a su esposa, a sus hijos, aunque para conseguirlo le vaya la vida en ello. ¡Eres hombre cuando decides serlo! —cerró demudándolo y dejándolo sin argumentos.

—¿Estás listo para hacerte hombre, Sabino? —No le dejó contestar, estaba tocando las fibras del corazón del joven que tenía enfrente—. Sabino, ¿le vas a dar a Daniela algo mejor que lo que aquí tiene?

Aturdido, se atrevió a contestar sin pensar.

—Sí. ¡Le voy a dar amor!

Trudis sonrió cínicamente.

—¿Quieres decir que aquí no tiene amor? O, mejor aún, ¿con amor la vas a alimentar? Y no sólo a ella, a la criatura de sus entrañas—. Hizo una pausa para tomar aliento, el mismo que a ellos les faltaba—. Te voy a dar este fin de semana para que me digas qué planes tienes y cómo le vas a hacer para cargar con tus responsabilidades. Cuando me lo digas, hasta entonces yo te voy a decir con qué les voy a ayudar y hasta que hagas lo que te pido no puedes ver a Daniela.

Se levantó de la silla del comedor y fue a abrirle la puerta para literalmente invitarlo a que se retirara.

Daniela, con tanta tristeza que casi le estalla la cabeza, no dijo nada, conocía a su abuela y sabía que por algo estaba haciendo aquello y tampoco quería complicar más el momento crudo en el que el aire se podía cortar en rebanadas.

Sabino, como movido en piloto automático, salió de la casa sin voltear siquiera la cabeza para despedirse. Iba desconcertado, enojado y triste por no poder resolver el embrollo o poner sus puntos de vista sobre la mesa del mantel de platico decorado con canastas de frutas desgastado. No había nada que decidir: la amaba. El problema es que no tenía dónde vivir, y la casa de sus padres con ocho hermanos no era opción.

El domingo después de misa, a la cual por cierto no acudió Daniela, se fue directamente a la casa de Trudis y aun sin consultar a sus padres su decisión, tocó la puerta.

Nadie la abrió. Volvió a tocar y a tocar hasta que los nudillos le dolieron.

Tras unos momentos, las mujeres, con unos trajes protectores blancos parecidos a los que usan los apicultores para resguardarse de las picaduras de las abejas, le abrieron. En cuanto entró, Trudis lo puso a trabajar.

—Mueve esta tabla, clava esta aldaba, cuelga esta maceta —esos fueron los buenos días.

Estaban haciendo viajes del vivero a la alacena y viceversa. Él, obediente, siguió instrucciones. Era la manera de aceptarlo. Cuando los sorprendió la noche, le dijo:

—Puedes dormir hoy en el tapanco mientras les acondiciono una habitación.

Les resolvió el problema y los jóvenes le agradecieron infinitamente en silencio.

Eso es amor y quien ya lo probó lo sabe.

A Daniela no le cabía la dicha en su pecho en crecimiento.

EL EXTRAÑO CASO DEL SECUESTRO DE LAS GEMELAS, 1983

En sus años mozos al inspector Zaldívar le tocó, por azares del destino, atender el extraño caso de la desaparición de unas gemelas de ocho años. Todo indicaba que habían sido plagiadas de una cabaña de montaña en pleno invierno.

Zaldívar aún no cumplía cinco años de antigüedad en la comandancia de policía especializada en delitos graves cuando su jefe cayó enfermo. Ante la ausencia de quien dictaba las órdenes, el inspector acudió al sitio donde empezó todo, un área de cabañas de descanso a más de tres mil metros sobre el nivel del mar, donde se erguía, majestuoso, un volcán de nieve. Aquel mes de enero fue especial, pues la nieve había caído como nunca en los últimos veinte años y el frío persistía a todas horas del día, formando gruesas capas de hielo que cerraban los accesos y destruían los caminos. El sol, tímido, no lograba penetrar las copas de los árboles y su calor apenas se animaba a llegar a las laderas de la montaña, donde reposaban las cabañas, abiertas sólo en la temporada invernal.

Para subir a la montaña había que hacerlo en dos partes. La primera en vehículos todo terreno, hasta la estación de radio situada a unos dos mil metros sobre el nivel del mar. Era un edificio de dos plantas con una antena de más de quinientos metros de altitud sujeta a los cuatro castillos de la azotea con alambre acerado. La segunda parte del ascenso se hacía en mula o a pie, por una vereda cuesta arriba bordeada de pinos, fresnos y cipreses. Todo estaba cubierto por un manto blanco que adornaba el paisaje, haciéndolo simplemente espectacular.

El conjunto de veinticuatro cabañas de lujo funcionaba como un hotel de montaña. Parecían sacadas de un libro de fantasía y el folleto promocional no les hacía justicia. Estaban en alta demanda a pesar del alto costo por noche. Sólo las personas con mucha solvencia podían darse ese lujo, ya que había que rentarlas por los meses de diciembre y enero, y para febrero las cabañas ya debían de estar desocupadas porque el deshielo hacía peligrosa la estancia en ellas y sus alrededores.

Zaldívar siempre había tenido olfato para descubrir las situaciones peliagudas. Tenía un sexto sentido que le permitía ver lo que los demás no podían, o no alcanzaban. Y no era un tema de estatura. Llegó a la comandancia de delitos graves por recomendación especial tras superar con creces las pruebas de inteligencia. Sin embargo, empezaba a aburrirse por la falta de casos que le ayudaran a generar adrenalina: aquel parecía el primero.

Era un lector voraz que se inició desde muy joven con las novelas de vaqueros de Marcial Lafuente, poseía una profunda comprensión que no necesitaba de relecturas para entender a fondo los expedientes que caían en sus manos. No era el típico agente que sale corriendo para dar alcance a los presuntos ladrones, o que se enfrenta a las situaciones inesperadas propias de la inercia de los casos criminales. Le gustaba recabar, clasificar y mapear toda la información. Sólo después de haberla priorizado, creaba una serie de pasos que debían seguirse por él o por cualquiera que estuviera investigando el crimen en cuestión. "Despacio que llevamos prisa", era una de sus frases favoritas.

Cuando el caso de la desaparición de las gemelas llegó a sus manos, tardó cinco días en recopilar todo lo concerniente a la familia y quienes la rodeaban. Armó la geografía del delito, así como los perfiles de los protagonistas. No le importaron los gritos ni reclamos que recibió de otros superiores, a falta del jefe de la agencia, pues la familia en cuestión era amiga personal nada más y nada menos que del gobernador del estado.

Había mucho ruido, presión y desesperación. El inspector Zaldívar aguantó el temporal y sólo cuando estuvo listo con todo el material partió hacia la montaña, donde unos padres seguían en la cabaña esperando a que unas hijas aparecieran. El matrimonio estaba formado por un padre mexicano y una madre estadounidense, llevaban diez años de casados y eran padres de dos hermosas hijas gemelas de unos ocho años, idénticas como dos gotas de agua. Habían estado vacacionando desde el primero de enero en la cabaña. Él era un empresario muy cercano al gobernador, tanto que sus negocios estaban al servicio del estado en el ramo hospitalario; era el proveedor más importante en ese rubro. Había concursado para proveer de equipamiento a diez hospitales generales y había ganado la licitación, un negocio millonario en ciernes. Su esposa era hija de los dueños de una de las compañías quirúrgicas más importantes de Estados Unidos, con sede en Texas.

No había más que ver, excepto que él, antes de casarse, no tenía dónde caerse muerto: un pequeño detalle. Su influencia y su porte de guapo hicieron el trabajo y él, como otros, se convirtió en uno de los nuevos ricos del sexenio, pues ganaba por partida doble. Casado con una rica heredera y ahora convertido en el mayor proveedor de materiales al sistema de salud estatal, había cumplido su parte con sus suegros. Así se anotó ambos triunfos, ya que por dos sexenios había estado en el partido político correcto, viéndose beneficiado por quienes gobernaban.

Así se hacían las cosas en esta parte del país.

Cuando el inspector Zaldívar estuvo preparado para salir a la búsqueda, mandaron por él. Llegó hasta la comandancia un chofer en un vehículo todo terreno, demasiado grande para su gusto. Después de las presentaciones de rigor y de colocar su maleta en la cajuela, enfilaron hacia la estación de radio, a doscientos ochenta kilómetros de distancia. Arribaron con un atardecer nublado y, al bajarse del vehículo, le golpeó la cara el aire gélido que le daba la bienvenida. Esta era la última parada, hasta donde podían llegar los vehículos.

Fue una jugada de la buena suerte y del mal clima que el ascenso no se pudiera hacer hasta el siguiente día por recomendación del guía.

Zaldívar se dio cuenta sin esforzarse de que en la estación había un sótano lleno de monitores de diferentes cámaras. Todas ellas eran receptoras de las imágenes emitidas por cámaras térmicas para registrar movimientos telúricos, animales en conservación, ventiscas, desprendimientos de nieve, etc. Debajo de la enorme antena había una cámara de trescientos sesenta grados que parecía un balón sostenido por una gorra de beisbol y que registraba todo el entorno donde se encontraban. *Más que suficiente*, pensó.

Aquí tuvo su primera discusión con el ente que no se le separaba y le servía de caja de resonancia.

¿Pareja, se te hacen un acierto o un descuido estas cámaras?

Claro que no están ahí para lo que nos ocupa y no creo que los posibles agresores lo supieran.

¿Qué me apuestas a que hay grabaciones anteriores a los últimos veinticuatro días? ¿Son justo lo que necesitamos, ¿o no?

¿Me quieres joder la vida, Pareja? Te voy a hacer una aseveración… y muy puntual: no llegó la familia junta en un solo vehículo.

No. No puedo revelar mi fuente. Me la puedes salar.

Yo, a diferencia de ti, ya tengo una hipótesis.

Se descubrió riéndose de lo que acababa de pensar: *Puede que todo sea un cuento chino en teatro chino.*

Se dio cuenta que tenía las manos heladas y buscó unos guantes de piel en las bolsas de la cazadora que se había puesto. *Uno nunca sabe cuándo los va a necesitar*, y, cuando los tuvo puestos, aplaudió. Le gustaba el sonido que hacía la piel chocando.

Procedía de un lugar donde no hacía frío, menos aún heladas con nieve, y esos guantes, junto con la cazadora de piel de venado, los tenía desde hacía mucho tiempo, no se acordaba desde cuándo. Se dio cuenta que estaba estrenando y que esta última desprendía un ligero olor a naftalina.

Le llevaron la maleta a la habitación improvisada del cuarto de arriba. El guía le hizo saber que, según como se comportara la ventisca con aguanieve que rodeaba el área, saldrían muy de mañana.

—¿Que es "muy de mañana"? —preguntó.

—Las seis en punto.

Tenía toda la noche.

Bajaron al sótano y se sentó a un lado de un joven espabilado que parecía que no había dormido en días.

—¿Cómo te llamas? —le preguntó al tiempo que abría un termo con café, virtiendo un poco en la tapa y poniéndosela en las manos, generoso.

—Saul.

—Gracias—. Sorbió quemándose los agradecidos labios.

—Saul, ¿cuántos días hace que no duermes?

—Trabajamos veinticuatro horas continuas, señor.

—Inspector, soy inspector.

El joven asintió, comprendiendo la instrucción.

—A ver Saul, ¿qué tenemos aquí? —comenzó un interrogatorio punzante.

Con la mano derecha sostenía la agenda de tapa dura mientras con la izquierda anotaba y de vez en cuando señalaba al monitor, veinticuatro ventanas abiertas a su disposición.

El guía, que vigilaba los movimientos del inspector como guardián, se colocó a sus espaldas. Zaldívar lo vio y con la cabeza le hizo seña de que se acercara. Pero él se mantuvo en su lugar, indeciso.

Cuando Saul terminó su café, Zaldívar sirvió más, le dio un sorbo, y volvió a invitar al guía, que tímidamente se acercó. Como dos viejos conocidos, tomaron sorbos de café de la misma tapa.

—¿Cómo te llamas? —Se había dado cuenta que no habían hablado desde que salieron de la comisaria.

—Salvador —contestó apenas audiblemente—, pero me dicen Chava.

—Mucho gusto, Chava. Ahora tienes una nueva tarea: ayúdame con esto —le dio la libreta—. Quiero que anotes las horas que vamos a registrar en los monitores.

Zaldibar sacó de la bolsa de su cazadora otro cuaderno de la misma marca.

—A ver, Saul, va de nuevo… Ahora al revés, de hoy hacia atrás—. Se sentó a su lado—. Guíame. ¿Dónde está ubicada esta cámara? ¿Cuánto tiene de almacenado? ¿Qué son estos números?

—Son los puntos cardinales que señalan su ubicación. Almacenan hasta un máximo de treinta días.

—No más de treinta días… ¿por qué?

—Es la capacidad que tiene el disco

—Excelente—. Se sintió bendecido por este acierto—. Llévame al día…—revisó su libreta de notas donde tenía guardado unos jeroglíficos que sólo él entendía— llévame al 2 de enero.

—Va a tardar en rebobinar.

—Chava, vamos a necesitar café.

En pocos momentos tomó el control de las voluntades y comenzó a organizarlo todo para sacar el máximo provecho. Veinticuatro cámaras tenían grabadas los movimientos de enero de toda el área del lado oscuro del volcán, donde el sol no llegaba.

Saul, más en confianza le explicó que el año pasado unos geólogos alemanes habían realizado el trabajo de colocación e instalación del monitoreo y de una computadora que almacenaba la información y actuaba como un repositorio con todos los datos.

—¿Un qué? —preguntó intrigado

—Repositorio, es un cubo de almacenamiento de datos.

Zaldívar no podía estar más agradecido por lo encontrado y por la tecnología que a él le costaba manejar. Ahora esta iba a ayudarle a descifrar el enigma.

—Está bien. Ahora abre esta —dijo señalando la que tenía la imagen que abarcaba un solo monitor, ya sabía que era la de la estación donde estaban—. Llévame al primero de enero.

—Esta es la computadora central y aquí está la cámara de donde estamos —contestó Saul dejando entrever una sonrisa tímida ante la ignorancia del inspector.

—¡Oh! —exclamó Zaldívar—. Sí, ésta quiero, ábreme exactamente el primero de enero, por favor —insistió.

Salvador llegó con el termo rebosante de café y tres tazas que sacó de una alacena al tiempo que les decía:

—Les debo el azúcar. No hay.

Sirvió para los tres.

—Así está bien. Manos a la obra.

El parpadeo del monitor le señaló que las imágenes estaban vivas.

En cuanto Chava se terminó el café, el ojo clínico del inspector le dio una orden a su cerebro.

—Chava, necesito que te vayas a dormir. Te necesito fresco mañana para el ascenso—. En cuanto se fue, le dijo a Saul—: Ya no te necesito y por la facha que traes creo que estas desvelado, así que te puedes ir a dormir.

Se quedó solo frente al monitor, esperando minuto a minuto a que apareciera lo que estaba buscando.

Qué tal, Pareja, ¿te gusta por dónde iniciamos con este embrollo?

El parpadeo del monitor le respondió y apareció ante sus ojos lo que buscaba.

¡No hay extraviados sin suerte en el desierto… je, je, je!

A la mañana siguiente apareció junto a su cama Chava; Zaldívar apenas había dormido una hora cuando lo despertó. A él le pareció un minuto.

—Nevó toda la noche, no vamos a poder subir. La ventisca se convirtió en aguanieve y dejó más de dos metros de espesor. No veo la manera.

—No es una buena noticia.

La llamada a las ocho treinta de la mañana lo sacó de su ensimismamiento. Llevaba dos horas ordenando las libretas llenas de anotaciones, pues había registrado todo lo que encontró en las cámaras principales antes y después del suceso. Absolutamente todo.

—El gobernador está en la radio —le apuró Chava.

Tomó el parlante negro con ranuras finas, como la máscara protectora de un samurái, y presionando la oreja dijo:

—Buenos días, gobernador.

Soltó el *speaker*, sonó un ruido de interferencia y a continuación tronó algo dentro de la máscara.

—¿Qué tienen de buenos, Zaldívar… qué tienen de buenos? Dígame qué carajo hace arropado en la estación.

La interferencia continuó.

—Gobernador… ¿Gobernador? ¿Escucha la interferencia? Es una señal de mal tiempo.

—¡También la familia tiene mal tiempo! ¿Cree que las criaturas sobrevivieron si están a la intemperie o en alguna cueva?

Volvió el ruido molesto, como un zumbido de insectos posándose en el micrófono.

—¿Usted entiende que es muy posible que ya no estén con vida?, ¿entiende la situación en la que nos coloca nuestra inacción? ¡Salga inmediatamente, así le caiga el cielo, y llegue a la cabaña donde están los padres esperando!

En un tono incoloro, dijo:

—Las niñas no están en la montaña, señor gobernador—. Se hizo el silencio—. En cuanto amaine, emprenderemos la subida… usted tranquilo y yo nervioso—. Regresó la interferencia—. ¿Gobernador? Gobernador, ¿sigue ahí? — Parecía que aquella respuesta, como un golpe fulminante, había noqueado a su interlocutor—. Señor gobernador, ayúdeme a localizar esta placa: L O C J-2710. Es de una suburban azul marino, creo que es de su flota—. Soltó el *speaker* y notó que le dolían los dedos. Volteó a la puerta y ahí estaba Chava con cara de angustia—. Chava, ¿y el café?

El termómetro marcaba tres grados bajo cero, así que era como estar metido en un *freezer*. No se quiso imaginar afuera cómo estaría. El silbido del viento estrellándose en el cristal de las ventanas le indicaba la situación. Regresó a su libreta y comenzó el dialogo con su pareja inexistente.

¿Qué tal estos cabrones, Pareja?

¿No sabes a qué me refiero?

¡Claro que sabes! Son ellos… Alguna razón de peso debe haber para hacer lo que están haciendo. Sólo nos falta comprobar si en Estados Unidos tienen un buen seguro de vida para las menores.

Bueno, veo que tienes frío, Pareja. Yo engaño a mi cuerpo pensando que estoy en la playa frente al mar… creo que eso no puedes hacerlo tú. ¡Je, je, je!

Zaldívar, en la mayoría de las ocasiones, era muy observador. En las cosas que tenían importancia captaba destellos que para el resto pasaban de largo; podía fácilmente describir a una persona, su vestimenta, o si había alguna seña particular, pero su mayor virtud era detectar el color del alma de cada uno, si es que se le puede llamar así. Con su agudo intelecto, distinguía entre la negrura de la maldad y el blanco de la benevolencia, y todos los matices intermedios.

Salvador, su guía, tenía un aura de color amarillo. Desprendía temor, o señal de que ocultaba algo, de que sabía algo. Zaldívar sabía que pulsando la tecla correcta entraría a hurgar en su cabeza. Cuando Salvador le llevó el grueso cobertor para que aguantara la temperatura, supo que era el momento.

—En una hora nos vamos —empujó Zaldívar.

—¿Cómo? ¿Así con la ventisca encima?

—Sí, tú eres un buen guía. Confío en ti para llegar a la cabaña, ¿o es que ya no es necesario que vayamos?

—No entiendo —balbuceó.

—Chava… o Salvador, ¿cómo quieres que te llame?

—Chava está bien.

—¿O sea que no quieres ser *salvador*? —con este juego de palabras puso en el borde del precipicio a su interlocutor. —Bueno, Chava. Sé que trabajas para el patrón, el papá de las gemelas. Él es el que te paga, ¿correcto?

—Sí —respondió sin pensarlo.

—O sea que de guía de volcán no tienes nada, cero conocimientos para evadir los peligros allá fuera, y ahora menos, con este mal tiempo—. No lo dejó responder—. Sabes que tengo en los videos que tú llevaste a la familia en la cabaña el pasado seis de enero, ¿correcto?

—Sí —contestó con un buche de saliva atorado en la nuez de la garganta.

—¿Y sabes que solo subieron papá, mamá y una sola pequeña de pelo rubio cubierta con gorro de pico? Los otros dos pasajeros eran tú y el guardaespaldas. ¿Voy bien o me detengo?

Chava ya no contestó. El inspector continuo:

—El día doce regresaron la madre y la hija antes del anochecer y fuiste tú quien las trasladó en la suburban azul marino del gobierno, pero había otra persona que nunca se bajó del vehículo. ¿Quién era? ¿El padre o el guardaespaldas? —Chava seguía mudo, mirándose las botas—. ¿Dónde los llevaste de regreso? —Hizo una pausa fugaz, demasiado corta como para formular una verdadera respuesta—. Está bien, no me importa. El día quince retornó la señora… sola. Fuiste tú quien la volvió a llevar a la cabaña, y el diecinueve, es decir, el pasado viernes, notificaron a la agencia de delitos graves la desaparición de las niñas. ¿Tú dónde estabas el viernes? —Miró su reloj, que señalaba las 9:45 de la mañana—. Ese viernes 26 de enero, ¿dónde estabas tú? ¿Quién ha sido el enlace de toda la telaraña de este enredo?

"Te asignan para llevarme a la cabaña. ¿Por qué tú, Chava? —le alzó la voz para levantarle la mirada del suelo—. Sólo estoy seguro de una cosa: estas aquí para vigilarme—. Chava estaba demudado—. ¿Por qué no se tomaron la molestia de borrar el contenido de las cámaras? ¿Fue un pequeño olvido?, ¿o dejaron los videos porque querían que nosotros los encontráramos? Con el poder que tiene el gobernador, no había impedimento alguno".

Cuando terminó de poner las cartas sobre la mesa, Salvador estaba petrificado.

—Sé que tienes miedo—. Se le quedó mirando a los ojos—. Fue lo segundo. Querías que yo viera los videos. Está bien, tranquilo, será nuestro secreto. Ahora mueve la cabeza y no hables.

"No hay dos niñas… ¿correcto? —Asintió—. Es más, no existen dos niñas—. Una parálisis le sobrevino al cuerpo de Chava—. Vamos. Que el sol nos sorprenda recorriendo el camino", cerró poniéndose de pie.

Salieron con sus mochilas al hombro. La lluvia había cesado y el sol se asomaba tímidamente por las copas de los pinos, derritiendo de a poco el hielo que adornaba las ramas y que a ellos les caía en forma de una lluvia pertinaz, empapándoles hasta los huesos.

—En el antiguo edificio de la dependencia de delitos graves aún existe *la freidora*. ¿Has oído hablar de ella, Chava? No es una leyenda urbana, es una celda de cuatro por cuatro metros con una plancha de metal por piso en lugar de las baldosas de cemento. En esta cárcel especial es donde meten a los presos, descalzos y en calzoncillos. No a todos, sólo a los que no quieren confesar. La plancha de metal es en realidad una enorme estufa. Por la parte de abajo tiene tubos de gas que corren a lo largo con pequeños orificios por donde salen de forma uniforme las flamas que van calentando lentamente el piso.

"Una vez encendidas las flamas, la plancha de metal hace su trabajo. Aquellos infelices al principio agradecen el calor en sus cuerpos en aquellas frías noches, pero conforme va aumentando la intensidad, comienzan a bailar una danza macabra que primero les quema las plantas de los pies y después les achicharra el resto del cuerpo.

"No hay poder humano que resista tamaño tormento. Aunque cuentan que hubo un mulato de Veracruz que en los años sesenta rompió el récord del tiempo soportado: prefirió llevarse a la tumba su secreto antes que cantar. Falleció de un paro cardiaco, un poco chamuscado.

"Pero no te preocupes, todo esto es historia, ahora los tormentos se limitan a dejarlos sólo con una ración de comida y agua por día. Eso es un chiste de mal gusto, por eso creen nuestros jefes que la delincuencia se ha incrementado, pues ya no se le tiene miedo a la ley. Pero yo estoy convencido que es la falta de esperanza lo que quebranta las leyes y ha incrementado la delincuencia. Cuando las personas dejan de creer en que se hará justicia, en que la impunidad se ejerce como medida de coerción… Pero todavía existimos algunas personas que luchamos por volver a colocar nuestro entorno en el eje correcto cuando se ha desplazado hacia algún lado.

"Yo no creo en los tormentos, es más, soy enemigo de la tortura. Yo creo que haciendo las preguntas inteligentes no hay manera de que se me escape el pequeño indicio que busco.

"La genética heredada de nuestros ancestros nos vuelve astutos y nos queda el despiadado alivio de no mirarnos nunca al espejo porque no queremos saber lo que reflejaría, porque nos daríamos cuenta de lo trasparentes que somos los humanos y cómo se nos mancha de color el alma cuando cometemos un agravio, un delito. Entre más grave, más intenso el color.

"El ser humano es un animal de costumbres, lo que lo hace predecible, trasparente y violento. Y en la búsqueda de su astucia, tropieza con ella—. Hizo una pausa para que su interlocutor absorbiera todo lo que acababa de expresarle e hizo un alto para mirarle directamente a la cara, a los ojos—. No me refiero a ti Chava… tranquilo".

Éste, resoplando por el esfuerzo, seguía en su mutismo, escuchando, asimilando, o al menos tratando de asimilar la verborrea que le provocaba más cansancio: el miedo, como el frío, ya lo traía impregnado.

Nunca supieron cómo el tiempo gravitó sobre sus cuerpos en aquel calvario que los obligó a emplearse a fondo y de vez en cuando hacer paradas para recuperar fuerzas. Tras dos horas sobre el camino cubierto de nieve que, de no ser por las raquetas de madera y piel amarradas a sus botas, les hubiera llegado a la pantorrilla, Chava pasó de parecer asustado a sentirse derrotado. El traslado fue un calvario cuesta arriba que los obligó a hacer una parada para reponer fuerzas.

Para ese momento Zaldívar ya tenía bien estructurado sus argumentos.

—¿Sabes, Chava? Puedes alcanzar treinta años de cárcel por el delito de secuestro y privación de la libertad. Y el doble si se trata de dos personas. Cincuenta en caso de homicidio doloso con agravante.

Ahí quedo abatido cuerpo y espíritu de aquel hombre que ya llevaba días atormentado y ya no podía seguir cargando con el pesado rol que le habían asignado. Fue como un golpe a la boca del estómago que lo encorvó, sofocándolo.

—Pero si te pones del lado correcto de la historia, es decir, de la ley, y cooperas, no te pasará nada—. Esto le sonó a libertad y a oxígeno, pues en ese momento le costaba respirar—. Ya sé qué estas pensado, no hay tal secuestro. El agravante de intento de secuestro está tipificado con quince años de cárcel. ¿Qué quieres hacer?

El inspector no esperaba respuesta a su pregunta, el dardo lo había disparado justo donde quería, sólo había que dejar que surtiera efecto.

Continuaron el arduo camino.

Cuando llegaron a la cabaña eran las 13:17 y Sara, la madre afligida, fumaba un cigarrillo tras otro con desesperación, buscando acelerar las horas del día con cada calada. Isaac, el padre, era un hombre callado, alto, fuerte, con un bigote grueso finamente recortado que le bordeaba la boca y le confería un aspecto como de esos payasos de circo con cara de tristeza.

El inspector los saludó sin darles la mano y tras presentarse les dijo que ya les tenía noticias.

Ambos se miraron sorprendidos.

Salvador no entró a la cabaña a pesar del frío. Se quedó en el espléndido pórtico, haciendo tiempo desarmando las raquetas, o al menos aparentando hacerlo.

—¿Cuál es el protocolo en estos casos? —preguntó Issac.

—Tienen que bajar conmigo a la comisaria, quiero mostrarles unos videos.

Callaron los cuatro. No pusieron objeción y eso confirmó la hipótesis al inspector Zaldívar.

¿Ves, Pareja? Cómo de un solo golpe se derriban los espíritus ajenos de las personas… Él no les dio tiempo.

Seguramente la nota del rescate decidieron guardarla, pues los incriminaría y hasta podría empeorar más la delicada situación que ya no se sostenía.

Mientras la madre preparaba calladamente las maletas, Zaldívar aprovechó para inspeccionar la cabaña. Vio la foto de las niñas, una más delgada, marchita y triste, mientras que la otra rebozaba vida, con el pelo rubio alborotado al aire; la segunda estaba dándole una florecilla a la primera, y ambas lucían suéteres de punto del mismo color. Se volvió a reforzar su hipótesis: una ya no estaba viva, la alegre era la que había ido y salido del parque del volcán de nieve.

Al final, el inspector Zaldívar arrinconó a los tres: Salvador, Isaac y Sara. Los tres se quebraron y confesaron por separado y no hubo poder humano que lo impidiera, así fueran los gritos y sombrerazos del gobernador.

Seis días bastaron y, aunque se hizo un pacto de silencio entre caballeros, la noticia salió a la luz a medias. Cada uno tenía una versión.

El inspector Zaldívar se introdujo hasta la encrucijada que ellos habían tejido y, ya al descubierto, la propuesta que les puso sobre la mesa fue simple:

—¿Se quieren ir limpios y en silencio, o con cargos y ruidosamente?

Se quedaron callados.

Esta es la sinopsis de lo que sucedió:

Una hermana gemela había fallecido por un trasplante fallido de riñón. Su hermana gemela lo sabía y lo confesó. Los padres querían cobrar el seguro de vida usando el plagio y lo quisieron aparentar en esta parte del país, un lugar ideal. Sólo cometieron un error de cálculo: el inspector trabajaba acá.

Las preguntas que quedaron sin respuesta y ni siquiera su Pareja pudo contestar fueron: ¿Cómo es que, con tanto dinero, buscaban más? ¿Por qué lucrar con la memoria de su hija muerta?

Ves, Pareja, cómo son de estúpidos los humanos...

Salvador quedó agradecido, pues en todo momento lo protegió Zaldívar. El gobernador, a un año de terminar su mandato, ya no salió a dar la cara ni para eventos de su partido y Sara e Isaac dejaron de vivir en México, agobiados por la culpa.

El inspector ganó, celebró con un café del termo que lo acompañó al volcán: no le dio importancia al mérito. Por cierto, lo adjudicó a su jefe a su regreso de su incapacidad, tal como es debido, y el expediente fue a parar al archivo de secuestros resueltos.

El inspector Zaldívar nunca salió en las noticias o en los periódicos.

LA PROPUESTA,
1968

El Patriarca llegó al obrador al despuntar el alba, siempre escoltado por dos de sus caporales. Buscó con la mirada a Trudis y la encontró en el centro, vestida con un overol de mezclilla y unas botas altas de hule. Estaba cubierta de barro hasta la cara. Parecía la caricatura de una mujer gigante rodeada de una docena de enanos sin camisa. Seguro que llevaban más de dos horas trabajando.

El Patriarca sonrió al verla.

En el obrador los mozos tenían prisa porque el cielo les anunciaba una tormenta, los relámpagos que serpenteaban entre las nubes grises amenazaban con arruinarles el trabajo de varias semanas. Tenían urgentemente que proteger al horno. Parecía una tarea titánica e imposible, pues la estructura de cuatro metros de alto por seis de largo recién forrada de un barro fresco de color café oscuro terminaría derritiéndose como un cono de nieve bajo el sol, escurriéndose por el suelo sin remedio si no hacían nada. Ya habían pasado por experiencias similares, pero no desde la ampliación del obrador.

Los grandes y gruesos plásticos que estaban desplegando en forma coordinada para cubrir la torre parecían una gran carpa anclada con contrapesos de grandes piedras que colgaban en las esquinas a cada lado para evitar que el violento viento lo removiera.

Los visitantes se apearon de los caballos y se acercaron a ayudar, y sus sombreros salieron volando de sus cabezas cual palomas en primavera. Al final lograron completar la extenuante tarea de cubrir el enorme edificio que ahora parecía forrado como un regalo listo para entregarse. Justo cuando terminaron, comenzaron a caer gruesas gotas de agua que al estrellarse en el plástico convirtieron el entorno en un recital ensordecedor y las pocas ventanas de luz en el cielo se cerraron y con esto llegó la oscuridad.

Con señas, Trudis los llevó hasta el pórtico de la casa para que se resguardaran y en agradecimiento les sirvió una taza de café humeante recién salido de la olla.

En todo piensa esta mujer, pensó el Patriarca soplando el café que sostenía con ambas manos. Mientras ella les repartía el café a sus mozos, se instaló un silencio incomodo: estaban intimidados por la figura del hombre que imponía respeto. Tras un gracias apenas audible, se tomaron su café y se apartaron hacia el final del pasillo. *Entre más lejos del hombre, mejor, la vibración de su cuerpo podría contaminarnos con alguna infección*, pensaban.

Trudis observó que el Patriarca no estaba cómodo con la reunión improvisada, provocada por la lluvia que los había acorralado. La mirada del hombre no ocultó su desprecio y escoció los cuerpos morenos llenos de barro de esta gente humilde. Trudis, hábilmente, los despidió con una sonrisa.

—Si no se apuran no van a aprovechar la lluvia para lavarse el lodo que arrastran ya días —y era verdad, llevaban cerca de veinticuatro horas de trabajo continuo.

Finalmente desaparecieron todos en aquella mañana plomiza que más bien parecía anochecer.

Trudis le dio una toalla a cada uno de sus visitantes y los invitó a pasar mientras la lluvia arreciaba su atronador concierto. Simón García, sentado en el mismo equipal de la vez anterior con la toalla en la cabeza, pidió más café. Los caporales, educados como el patrón les había enseñado, se quedaron en el porche como fieles guardianes.

Simón habló, pero no se escuchó nada, sobre todo porque tenía la mirada puesta en la ventana. Por eso tuvo que alzar la voz y hacerse escuchar, mirando ahora fijamente a su anfitriona.

—La propuesta que te traigo es importante —gritó.

Estoy vieja pero no sorda, pensó ella, pero se abstuvo de abrir la boca, pues no quería romper el hechizo. Esperó haciendo una pausa para dejar que el rayo se estrellará en el otro lado del arroyo y mientras tanto se preparó para escuchar lo que por más de diez años había ansiado, los mismos diez años que tenía de muerto su marido.

—El trato es el siguiente: tú —la señaló con el dedo acusador—, tú me salvas a mi semental a cambio del título parcelario.

—De acuerdo—. No intuyó ninguna argucia, pero no pudo evitar que le resonara en la voz cierto tono de inquietud—. Mañana mismo lo hago.

—Sí, porque mi animal no aguanta más, pues va para el sexto día que no se levanta y no come, sólo agua que le acercamos al hocico. Y se me está hinchando.

No hubo despedidas ni saludos, menos sonrisas. Tomó la taza que el Patriarca había dejado en el suelo y lo acompañó a la salida con la mirada. El equipal donde había estado sentado quedó sumido por el peso que cargaba aquel hombre poderoso.

Los tres hombres salieron montados en los caballos con la lluvia sobre sus cabezas, uno adelante y dos atrás. Parecía que aquel ejercicio lo habían ensayado infinidad de veces.

Al día siguiente el olor a tierra mojada inundó la ciénega y la ciénega se llenó de mariposas floridas de todo tipo. Era una buena señal para la vieja que sabía leer los designios del cielo.

Pensó que, el día anterior, le habían faltado dos interrogantes: ¿salvar al semental era la condición para que le entregaran el titulo parcelario? Y si el titulo parcelario venía a nombre de su esposo que murió intestado, ¿cómo podría ella reclamarlo si nunca se habían casado? Estas mortificaciones hicieron que el café le saliera chirrio, la avena pastosa, y que su desayuno fuera a dar al bote de la basura. Sólo con una semita nutrió la panza.

Escogió los menjurjes que necesitaría, los colocó en el maletín que había sustituido a la canasta y enfiló hacia la Hacienda la Estrella, propiedad del Patriarca.

Cuando llegó, la hicieron pasar al despacho del patrón, una amplia sección elaborada con troncos de madera de fresno perfectamente alineados uno sobre otro, esmaltados con un color natural que resaltaba el brillo. En las paredes había cuadros colgados con enormes toros sobre la loma de la pradera y con ejemplares caballos pura sangre galopando al aire libre. En el fondo, un escritorio de caoba con la cubierta de granito exótico, imponente, y una silla labrada en madera con un águila en la cabecera.

El hombre estaba con el semblante dubitativo y, cuando Trudis entró, resolvió sus dudas sin mirarla. A ella le valió madre que no le mirara la cara, pero le cambió el sabor de boca de dulce a amargo que ni siquiera la invitara a sentarse en alguna de las dos sillas pequeñas que había frente al escritorio.

La vieja últimamente sentía dolores en las rodillas, pero no flaqueó en ningún momento. Como un soldado firme haciendo guardia, lo dejó hablar.

—Mujer —ni siquiera le llamó por su nombre. No sabía si era su forma de sobajar a los que lo rodeaban o si así la trataría de ahora en adelante. Aunque, ahora que lo pensaba, nunca le había llamado por su nombre—, necesito que me salves a mi toro semental: aquí es donde quiero ver tus destrezas. En cuanto lo hagas, aquí está la orden para que el notario inicie el juicio para darte posesión de tu parcela y lo que contiene— hizo énfasis en esta última palabra—, porque el titulo parcelario salió a nombre de tu difunto marido que, por cierto, no estaba casado contigo —estiró la frase lo más que pudo para denotar el riesgo.

Trudis aguantó estoicamente; quería escupirle a la cara. Primero que aunque no fuera veterinaria, ya había salvado muchas vacas, cerdos y ovejos y, si curaba gente, un pinche toro no iba a ser la excepción; segundo, que todo lo del juicio, su proceso y a lo que se tenía que enfrentar, ya lo tenía muy claro, como la mañana que los acompañaba. Aun así le movió que le dijera "y lo que contiene", pero se quedó callada, seria, y no le bajó la mirada. Se acercó, extendió la mano atravesando el escritorio y le dijo, buscándole la cara:

—Está bien. Tenemos un trato.

Él, sorprendido por la envestida, le dio la mano y del apretón sintió que se le estrujaron los huevos. No le pudo sostener la mirada.

—Sí, y sólo si salvas a mi semental hay trato —recalco poniéndose de pie y mirando a su oponente directamente a la cara. Dejó entrever una especie de mueca de su cara recién recuperada.

Trudis ganó el duelo, le sostuvo la mirada y con la cabeza asintió. No necesitaba hablar más. *Hasta aquí todo va bien*, pensó.

Él le quiso dar instrucciones, pero Trudis ya se había dado la vuelta diciéndole con esta actitud que ella sola sabía llegar. Él se quedó sorprendido de la anchura de su espalda, como la de una experta nadadora de toda la vida. Sonrió y pensó, *vaya vieja cabrona, casi me rompe los dedos*. En realidad, eso era, una sobreviviente de las corrientes de la vida y le remordió algo por dentro y no supo si era su estómago, su corazón o su espíritu, si es que tenía. Ya no pudo ver la cara de la mujer.

Trudis llevaba un rictus entre coraje y decepción. Elevó una plegaria al cielo mentalmente, a su manera. *¡Pendejo arrogante! Dios, líbrame de este tipo de personas, guía mis manos y mi cerebro para ayudarlo, no vaya a ser se pierda y en su camino siga haciendo daño a las personas que le rodean.* Cuando terminó de decir esta oración, ella, que no era creyente, se sintió bien. Hablar con el cielo de vez en cuando le hacía bien al alma.

Cuando salió para encaminarse a los establos volvió a inundarse del olor a tierra mojada, a barro. Le gustaba porque era el mismo que transpiraba cuando lo trabajaba hasta convertirlo en algo útil como el ladrillo. Con ese olor se trasportó a sus inicios, generalmente el olor de sus plantas la llevaba de regreso a su primera vez, cuando las descubrió. Eso le daba vida y, aunque no lo quisiera reconocer, le gustaba viajar al pasado, donde había vivido tanto tiempo.

Ahora, al atravesar por el lindero que llevaba a los corrales, la hierba mojada y el eucalipto entraron por su nariz. Levantó la vista y se encontró de frente los majestuosos árboles, altos hasta el cielo, que formaban la línea divisoria entre los establos y los corrales.

Un caporal, vestido de vaquero para la ocasión, la esperaba para llevarla a donde tenían resguardado al semental, que bramaba adolorido. Se saludaron como se hace en los ranchos, con un gesto de cabeza y con la palabra "quiúbole", que significa "¿qué hubo?, ¿qué tal?" entre viejos conocidos, y en seguida lo siguió sin bajar el ritmo de sus zancadas, cosa que obligó al hombre a redoblar el paso para no verse rebasado.

EL AMIGO

Lo encontró tumbado en suelo, de costado, con las patas traseras anudadas y con una soga al cuello restirada en señal de estarse jalando continuamente. Estaba bajo un cobertizo de teja, frente a un lavadero con una pileta, apartado del resto de la manada y resguardado por una tenue sombra.

—¿Cuántos días tiene de estar así? ¿Ya vino a verlo algún veterinario de la capital? —dos preguntas que disparó Trudis como clara señal de que no tenía tiempo para socializar, con ojos enigmáticos que parecían saber la respuesta.

—Ocho días, y ya vinieron dos veterinarios.

—Me refiero a cuántos días tiene de estar tumbado—. Ya no le dejó responder—. Enséñame los frascos del medicamento que le están dando.

El hombre metió la mano entre el travesaño y la teja del cobertizo y le mostró cuatro frascos blancos con etiquetas de diferentes colores. La vieja frunció los ojos para ver mejor y cuando terminó de leer la etiqueta, vertió el líquido en el lavadero y a continuación olió la formula. Así repitió la operación cuatro veces.

El hombre, de pie a su lado, resopló quitándose el sombrero y dejando al descubierto una calva insipiente que atravesaban de lado a lado unas delgadas líneas negras de pelo chirrío y grasoso.

El animal tenía fiebre y hambre, lo delataban los ojos vidriosos y sombríos, pero sólo la mirada experta de Trudis lo supo.

—¿Tiene nombre?

—Sí. José, para servir a usted.

—Me refiero al animal.

—¡Ah! Amigo, le llamamos Amigo. No le haga confianza, a veces es agresivo.

—Bueno, vamos a ver a nuestro "amigo".

El caporal no se movió de su lugar, seguía los movimientos de Trudis como fiel espectador. Era obvio que estaba ahí con una clara indicación: vigilarla.

A continuación, Trudis colocó su maletín en el lavadero, lo abrió, extrajo sus lentes, destapó un frasco de tapa dorada con un ungüento blanco y se colocó una pizca en los orificios nasales. Después sacó unos guantes de látex blancos y largos y se los colocó hasta los codos. Comenzó a poner, sobre un mortero, una mezcla de líquidos y hojas de varios colores que extraía de diferentes recipientes. Posteriormente los machacó usando un trozo de piedra hasta que formó una mezcla suave que convirtió en una masa verduzca.

Mientras estaba haciendo su fórmula, notó que en el poste del tejabán, sostenido con un clavo, había un espejo cuadrado del tamaño de una cara. Seguramente lo usaban los mozos para rasurarse. Este espejo seguía sus movimientos y al levantar la vista se encontró con su propio rostro. Se dio cuenta que tenía arrugas nuevas, dos surcos debajo de su nariz corrían hacia abajo, a ambos lados, perdiéndose en la comisura de su boca; las patas de gallo en cada ojo se habían hecho más intensas y su pelo había encanecido por completo. Se preguntó cuándo había sido la última vez que se había mirado al espejo y no se acordó.

El bramido del animal la regresó al abrevadero.

—José, yo sólo quería saber dónde estaba el animal, no creo que te necesite.

—No sabe lo que me está diciendo. El Amigo no tiene nada de amigo, va a necesitar mi ayuda. Le guste o no —contestó secamente.

Trudis comprobó que su patrón lo había asignado para mantenerla vigilada. Entendió que estaba en su derecho, pues era su animal, *amén de en cuánto dinero esté valorado*, pensó.

—¿Qué es? —le preguntó señalando con la mirada la sustancia viscosa del mortero.

A ella no le gustó que la cuestionara, pero no dejó que el enojo se le reflejara en la cara.

—La anestesia.

El caporal se rio.

—Cuando crees que conoces todas las respuestas, llega el universo y te cambia las preguntas —Trudis dijo esto depositando la mirada en el vacío. Fue como un lapsus mental, un solo instante mientras sus manos seguían en la pasta del mortero, después regreso al lavadero—. Vamos a ver a nuestro amigo y ahí salimos de dudas —siguió hablándose a sí misma, ignorando a José y su sonrisa incrédula.

Él no entendía; era muy obvio el nivel de raciocinio entre ellos, ahora que la mujer se había puesto filosófica.

Amigo era un semental barcino de la raza cebú. Estaba agotado de bramar y se retorcía, síntoma de un dolor en aumento dentro de su barriga hinchada.

—José, ya que estás aquí, colócale los cuetones a los cuernos, no quiero que me vaya a dar un buen susto.

El caporal trajo las cubiertas de cuero cónicas que se colocan en las astas para evitar tajos cuando los toros embisten vacas para aparearse. *Vaya que la vieja sabe*, pensó.

Trudis tomó una jeringa grande, le quitó la aguja y llenó el tubo con la sustancia de su mezcla preparada. De rodillas metió la mano en el hocico del animal y la descargó lo más dentro que pudo, volvió a verter más liquido sobre la mezcla verdosa y repitió la operación tres veces.

—Vamos a esperar a que haga efecto—. José estaba a punto de prender un cigarro cuando Trudis le ordenó—: Ya que sigues aquí, quítale el pial de las patas.

—¿Por qué? —respondió en automático.

—Ya lo verás.

José, con miedo, se le acercó al animal y le desató las patas traseras. Tras terminar, burlonamente preguntó:

—¿Ahora puedo fumar?

Trudis, ahora hincada con una mano en el vientre del animal, ignoró la pregunta. Se incorporó y buscó guarecerse en la sombra de los eucaliptos que, por la posición del sol, dejaban sin protección el lugar donde convalecía el animal.

Pasaron diez minutos y empezó a gruñirle la barriga al animal, era una tormenta en ascenso que se desataba en su interior y en algún momento iba a estallar. El Amigo dejó de bramar y a los doce minutos la tempestad en su vientre salió expulsada por su trasero, convulsionando su enorme cuerpo en el suelo, bañado en sudor. No paró hasta que agotó toda la carga de mierda que había acumulado el pobre animal. Si a José le hubieran contado del exorcismo que acababa de presenciar, no lo hubiera creído, pues la vieja acababa de purgar al toro y eso en toda su vida de caporal ni por cerca lo había vivido.

—José, ya que estas aquí —volvió a utilizar la misma frase con la intención de incomodarlo—, ayúdame a bañarlo.

Ella se fue al lavadero, a su maletín, y comenzó a preparar un líquido mezclando varias substancias. Colocó la aguja, llenó la jeringa, y lo inyectó en cada anca.

—Listo, ya quedó. Quiero que le des bastante agua, pero no de esta pileta, agua limpia porque está deshidratado. Su alimento hay que racionarlo, máximo seis kilos de leguminosa y cero forrajes —se volteó para señalar las pacas que estaban dentro del establo—. Si pueden prepararle avena, denle una porción en la primera hora del día. ¿Me entendiste, José? Mucha agua, así que necesito que estés muy atento a que tenga agua en todo momento.

Seguidamente guardó sus frascos, los metió en su maletín y lo cerró.

Al pasar al lado del toro, este la miró con los ojos saltones vidriosos y le bramó. Ella le correspondió, acariciándole el cogote que nacía en su lomo. Susurró para sí:

—Dale de beber a un animal y te vivirá siempre agradecido… dale poder a un hombre y lo convertirás en una bestia.

—¿Qué me dijo? —preguntó el caporal.

Haciendo caso omiso, disintiendo con su cabeza, tomó una vara del granero y regresó a inspeccionar, removiendo los kilos de excremento maloliente. Cuando terminó, remató a José, que no paraba de vigilar sus movimientos.

—José, ya que estás aquí, tapa esta podredumbre y cambien al Amigo de lugar. Te lo va a gradecer.

—Pinche vieja cabrona mandona —masculló para sus adentros.

LA MALDAD ES
LA AUSENCIA DE BONDAD

Esa semana, Trudis caminó todas las mañanas desde su casa hasta la Hacienda La Estrella para visitar al Amigo y asegurarse de su evolución, que se hacía evidente con cada día que pasaba. El viernes lo encontró hermoso, sublime, totalmente recuperado y brioso. *Ahora entiendo por qué el patrón quiere tanto a este animal*, pensó.

De fina estampa, se erguía orgulloso mostrando sus pitones, que delataban a leguas su linaje. Tenía una piel brillante cuyas hebras de color barcino atravesaban su cuerpo y lo hacían ver exótico y diferente al resto de la manada.

José había colaborado en todas las tareas de seguimiento que ella le había dejado y dieron resultado. Hasta ahora, todo estaba ocurriendo como lo tenía planeado. No era de extrañar que su negocio caminara como lo planificaba mes a mes.

En ningún día de la semana que se hizo cargo de la sanación del toro vio al Patriarca. *Mejor así*, pensó. José se encargó en todo momento de sus necesidades y cuando terminó la visita del día, le dijo:

—Me encargó el patrón decirle que venga mañana, sábado, temprano.

—Ya no me necesitan —le contestó escuetamente—. Dile a tu patrón que ya curamos al Amigo y que te debe una raya adicional de salario.

—Uuuuuuy, ya llovió —escuchó la expresión como un dolor en el trasero del hombre y la mujer sonrió, moviendo la cabeza, pues finalmente José mostró ser un buen caporal que sabía seguir órdenes y cumplirlas al pie de la letra.

Para el sábado, apareció luciendo sus repetidos overoles de mezclilla y sus playeras blancas de cuello redondo, con el pelo aún húmedo que denotaba su impecable limpieza. De hecho, olía a limones.

Él la esperaba en la oficina y ahora sí la miró a la cara con una sonrisa forzada. Estaba vestido de vaquero, con una camisa azul de manga larga con parches de gamuza en las hombreras y en los codos, mismos que hacía juego con su tejana café de fino encaje.

—Yo sí se cumplir mis promesas —dijo.

Sacó de un cajón un sobre amarillo tamaño oficio con el logo de la notaría y se lo deslizó. El sobre atravesó el fino granito del escritorio hasta el lado opuesto, quedando ahora cerca de Trudis, que pacientemente esperaba de pie—. Con eso —y estiró un dedo que a ella le pareció una garra—, pasa con el notario el lunes. Él ya sabe qué hacer.

Ella tomó el sobre con ambas manos y no se molestó en abrirlo. *Podría herir sus sentimientos, es un hombre de palabra*, pensó. Se dio la media vuelta sin hablar siquiera y estaba a punto de atravesar el umbral de la puerta cuando la voz del hombre volvió a tronar a su espalda.

—Antes de que te vayas, revísame una vaquilla. Está en el corral de encierro. Sólo quiero que me digas si está enferma.

El corral de encierro era en espacio circular vallado de metro y medio de altura, con estructura de metal, donde se adiestraban los caballos de riendas. En el adiestramiento, un caporal, al centro, cicateaba con látigo en mano derecha y riendas en mano izquierda, enseñando rutinas de izquierda a derecha y viceversa al animal. También se usaba para la domesticación de potros salvajes, a través de la monta, hasta que aceptasen al jinete en sus lomos. Por último, se usaba para que el semental se apareara con la vaca designada. La estructura tenía la única entrada directa de los establos. El ruedo no tenía puertas y también se le llamaba "corral de trampa", donde, con la encerrona, se situaba a la vaca para someterla sin que tuviera escapatoria.

Trudis caminó en dirección al lugar indicado y se topó con José. Se volvieron a saludar con un gesto de cabeza y un "quiúbole" apenas audible y ella percibió que se alegraba de verla de nuevo. Lo siguió en silencio hasta donde una vaca desorientada se encontraba en el centro del corral en cuestión.

—Ven aquí, chiquita —y chasqueó el paladar para emitir un sonido que sus padres le habían enseñado y que al parecer funcionaba para que los animales se acercaran a los abrevaderos a comer—. Ven chiquita… ven —y con su boca creó un sonido audible parecido a un beso.

La vaca comenzó a caminar a su encuentro, pero se quedó a mitad de camino. Trudis se encaramó sobre la estructura de metal y quedó montada para seguir buscando acercar al animal. Se dio cuenta que estaba en celo.

Desorientada y desconfiada, la vaca olfateó el aire, pero se quedó plantada en el lugar. La observó y no vio nada raro.

Cuando bajó la vista, vio que una ubre tenía un punto rojo, pero a esa distancia no parecía piquete de araña o alacrán. Con la iniciativa que da la autoridad de saber, y sin mediar palabra alguna con José, que la observaba guarecido por las sombras de los árboles, brincó al corral y fue al encuentro de la vaca indecisa. Seguramente el instinto le exigía estar alerta y, aunque los animales no tienen memoria, sí tienen destellos ante situaciones traumáticas vividas: el corral era el lugar donde se forzaban adiestramientos, dejando impregnado el aire de angustia, pues no hay sometimiento sin dolor.

Trudis se acercó tanto para inspeccionar la ubre que metió medio cuerpo entre las cuatro patas y el vientre de la vaca y, cuando estaba en cuclillas, por su posición, no alcanzó a ver la entrada del enorme cebú barcino, el mismo que apenas una semana atrás había salvado.

El toro arremetió contra la vaca y, de paso, la golpeó. Cuando buscó incorporarse para ponerse a resguardo, los pitones de sus astas la encontraron. Uno le perforó el pulmón y el otro el cuello, pues acertaron de costado el cuerpo de la mujer.

Alcanzó a escuchar los gritos del caporal pensando que eran para ahuyentarlo, espantarlo para que dejara en paz a la vaquilla, pero no, era para que la soltara a ella, pero era demasiado tarde. Trudis ya era una marioneta inerte clavada en las astas de Amigo, que barrió con ella en varias ocasiones. Al desprenderse, su cuerpo cayó inmóvil y ella creyó que el polvo era lo que no la dejaba respirar, pues se estaba ahogando.

Agonizando, el miedo la cegó. Nunca en su vida había sabido qué era el miedo. Ahora, ahí tirada, este la introdujo en un laberinto en el que sus pensamientos dieron vueltas sin encontrar salida. *Qué estúpida he sido… Él siempre quiso hacerme a un lado*, pero por qué. La sorpresa se convirtió en desprecio cuando lo entendió.

Vio su cuerpo de trapo inmóvil en el suelo, donde una mancha roja comenzó a manar, y volvió a sentir miedo, pero este era diferente, era el miedo de dejar sola a Daniela y quiso decir algo a una de las personas que habían llegado a socorrerla pero no salió sonido alguno: se había ahogado y no se acordó de llorar. Ya era tarde para eso.

La maldad de este suceso se la llevó el viento fresco de la mañana, junto con su último aliento, de aquel sábado 27 de octubre de 1968.

CORPORACIÓN GARCÍA HERMANOS

Reporte judicial, 1958-2008

La corporación "García Hermanos" se dedica a tres actividades principales: ganadería y venta de caballos finos, construcción, y farmacias y laboratorios de análisis clínico. Tiene presencia en todo el país, pero su principal mercado es el de la región del Pacífico. Sus tres directores son los hijos del fundador: Luis Gabriel, Luis Ángel y Casandra García.

Luis Gabriel está al frente de la división ganadera, la más grande y rentable de la empresa. Se dedica a la engorda y posterior venta de carne bovina, para la cual recientemente han alcanzado una certificación para exportar a otros mercados fuera del país. Comercializan diversas razas, entre ellas: cebú, Brangus, Hereford y Santa Gertrudis. Esta última es una novedad que se está probando en la Hacienda la Estrella, ubicada en el occidente del país. La otra propiedad ganadera es el Rancho las Glorias, situado en el norte. Entre las dos suman trescientas hectáreas de terreno donde se reproducen los animales con los más altos estándares de calidad. Su marca comercial es un hierro con una argolla que une los ollares de un toro cebú, que se usa para identificar al ganado.

Luis Gabriel también se ocupa de la venta de caballos finos, especialmente la raza azteca. Estos son el resultado del cruce entre sementales andaluces y yeguas Cuarto de Milla, con un excelente linaje y reputación. Además, está experimentando con caballos Cuarto de Milla puros, que son muy apreciados por los aficionados a la equitación.

Luis Gabriel es un hombre de campo que creció entre animales y se formó como profesional en ganadería con una especialización en reproducción bovina. Desde que nació, se preparó para asumir esta responsabilidad, que era el sueño de su padre.

Señas Particulares: tiene treinta y un años, mide 1.93 metros y es moreno. Luce un bigote fino y patillas en forma de ele. Sus ojos negros reflejan su carácter fuerte y decidido. Está casado con Romina Alcaraz y tienen cuatro hijos: dos varones y dos mujeres.

La segunda división, en orden de importancia, es la de construcción y es dirigida por Luis Ángel. Él es ingeniero civil y está a cargo de la unidad de negocio de ingeniería de obras y de las tres fábricas de materiales: ladrillo, tejas y accesorios para baños, cocina e interiores. Importa granitos, mármoles y piedras finas para ofrecer a sus clientes productos de calidad y diseño. Su esposa Carlota, que es arquitecta, lo apoya en la gestión y el desarrollo de esta división. Luis Ángel ha logrado que su división crezca y se diversifique a pesar de las crisis económicas que afectan al sector de la construcción. Su estrategia consiste en abarcar toda la cadena de valor para la vivienda de clase media y media alta. Actualmente está trabajando en el proyecto del aluminio y el cristal, que le permitirá ampliar su oferta de servicios y materiales.

Señas Particulares: Luis Ángel tiene treinta años, mide 1.89 metros y es moreno. Lleva el rostro afeitado y tiene los ojos marrones, que expresan su inteligencia y sensibilidad. Heredó estos rasgos de su madre, que fue la inspiración para su vocación de ingeniero. Está casado y tiene cuatro hijos: tres mujeres y un varón.

Casandra es la hija menor de la familia García, y la responsable, junto con su esposo, de la división de farmacias y laboratorios de análisis clínicos. Es ingeniera farmacobióloga y le apasiona su profesión. Trabaja como científica de laboratorio, investigando y desarrollando nuevos productos y servicios para su cadena de farmacias. Su esposo Luis Antonio es licenciado en administración de empresas y se encarga de la dirección comercial de la división. Juntos han logrado expandir su negocio, que empezó con una sola farmacia y ahora está por abrir la número cincuenta.

Señas Particulares: Casandra tiene veintiocho años y dos hijos: un niño y una niña. Es una mujer de tez apiñonada y cabello castaño exuberante. Tiene una estatura de 1.77 metros y unos ojos marrones que denotan su personalidad tranquila y reservada. Sus hoyuelos en las mejillas son un rasgo distintivo que heredó de su madre.

Casandra, junto con sus dos hermanos, Luis Gabriel y Luis Ángel, reportan mensualmente sus resultados financieros a su madre, la viuda, la señora García. Ella es la fundadora y propietaria de la empresa "García Hermanos", que está celebrando sus primeros cincuenta años de existencia y éxito comercial.

Nota adicional

En sus orígenes, el fundador del rancho ganadero había creado una comunidad con la llegada de vaqueros en busca de trabajo alojándoles en sus tierras. Su hijo, "el Patriarca", maximizó el negocio heredado y le dio forma a la Comarca, poblándola de viviendas para sus *trabajadores, convirtiéndola en una colonia y hoy en un municipio del estado.*

Resumen del estado financiero

Nadie duda que el trabajo, la dedicación y el talento de la familia son un claro ejemplo del crecimiento de la empresa y de su estado financiero.

La empresa ha sido guiada con mano firme por el fundador, después por el hijo, al que bautizaron como "el Patriarca", y hoy por su viuda, que comienza a hacer el relevo generacional dejando la corporación en manos de sus hijos.

Así cerraba el reporte mecanografiado "Breve historia familiar García Hermanos, Archivo judicial, 1958-2008".

EL ALUMBRAMIENTO, 1968

Daniela sonrió al ver a Sabino luchando con las tablas que no guardaban las mismas medidas y que regresaba una y otra vez al serrucho: estaba decidido a iniciar con el proyecto de construcción de la cuna para el bebé.

Daniela, con ocho meses de gestación, llevaba varios días insistiendo con el tema; su barriga era la prueba fehaciente de que el tiempo se agotaba y ya no podían postergarlo, especialmente ahora que el embarazo se había complicado. Sin consultarla, Sabino se decidió por una cama pequeña, sí, pero más grande que la cuna que Daniela le había dibujado.

—"El 'no' es sólo el comienzo de una negación, no su conclusión —sonrió cuando se descubrió hablando como el sacerdote, al que le había aprendido ciertas frases, ante una Daniela expectante con cara de frustración y con el dibujo estrujado entre sus manos.

La criatura crecía sana en sus entrañas y le había rogado a su abuela:

—Por lo que más quieras, abuela, no me digas el sexo del bebé. Recuerda que soy tu hija consentida, me lo merezco.

Su abuela, con una taza de café de olla humeante entre las manos, meneó la cabeza.

—Ya lo sabes —le dijo sin dejarla de mirar a la cara—, yo te he enseñado por el tamaño de la barriga y la forma qué viene dentro de la placenta, así que no dramatices. Todo está bien ahí dentro.

Después de ello habían pasado a los nombres, y las cenas se convirtieron en discusiones sin sentido, pues sólo especulaban.

—Abuela, cada uno —dijo mientras miraba al callado Sabino al otro lado del comedor— hicimos una lista de nombres y luego elegimos al primero de la lista, el que más nos gusta, y aquí llegamos: tenemos un desacuerdo. Si es varón se llamará Noé, pero ese nombre me lleva directamente al uniforme blanco de marinero y no quiero que se me vaya al mar; si es niña, se llamará Ana, como tu madre.

—¿Quién te dijo que mi madre se llamó Ana? —respondió agitada Trudis, levantando la cara del plato que tenía en la mesa.

—¡Tú! Cuando era pequeña me lo confiaste.

La abuela se sorprendió de la buena memoria de Daniela.

—¿Pero por qué no igual que tú? —dijo para salir urgente del tema. Había algo que le quemaba—. Daniel si es varón, Daniela si es niña. Propuso cerrando la discusión.

Así de práctica era la abuela y Sabino sonrió al reconocer que había algo de lógica en la propuesta.

Allí estaban, construyendo la cuna a menos de un mes del parto y sin un solo nombre, ni de niño ni de niña, pero seguro que lo tendrían llegado el momento. Daniela se acercó coqueta a Sabino para abrazarle. Le gustaba el olor a su sudor y le dio un beso largo y profundo. Dejó la taza de café en el banco de madera a lado del serrucho y buscó que allí en el granero le hiciera el amor; su estado le mantenía humectada la vagina y esta le pedía atención y urgencia.

Sabino, soplándose el pelo de la cara y con una tabla en las manos, le frenó las ansias.

—¿Sabes que el café hace daño al bebé… y que si lo hacemos podemos lastimarlo?

Ella se mojó las ganas en el café tibio, se dio la media vuelta y lo dejó trabajar.

Sentía que eran excusas que Sabino le daba para alejarla de él. Antes de irse, sintió unas ganas enormes de patearle el trasero sólo por el hecho de ser hombre y para poder librarse de todos los inconvenientes, privaciones y malestares propios del embarazo.

Él le soltó una frase que le sonó a bofetada:

—Ya falta poco, Dany, ya falta poco. Aguanta.

¡Cabrón!, pensó, y se alejó con sus ganas.

Era de lo más injusto.

Todas las compañeras que conoció en el catecismo que suspiraban y hablaban con aire ensoñador del milagro del embarazo, del don de llevar un bebé en el seno materno, escogidas por Dios para continuar la vida… a ellas también quería pegarles. Creyó que por eso la abuela Trudis era tan independiente, libre como el viento, y feliz a su manera, sin hijos. Quedó ahí, varada en su pensamiento, ¿realmente su abuela era feliz? Se recordó que nunca se lo había preguntado y enseguida pasó al estado de la culpabilidad.

Su abuela, aunque dura como el acero, la había formado y educado con valores como el esfuerzo para ganarse el pan de cada día, el trabajo honesto, el amor al prójimo y el respeto por sus semejantes. Daniela estaba orgullosa de quién era Trudis y lo que significaba en la Comarca, pero nunca se lo había dicho.

Mi abuela será la que traiga al mundo a mi bebé, se lo debemos. Se agarró con ambas manos la perfectamente redonda y enorme barriga y sintió que se movió en su interior, señal de que todo iba bien. Pasó la tarde refugiada en la sombra de la banca del porche; hacía demasiado calor para meterse a su habitación. Sabino, absorto con la cama-cuna, entraba y salía de la recámara que les había dejado Trudis.

El sudor se le pegó al vestido de fondo blanco coloreado con florecillas silvestres amarillas, rojas y verdes estampadas en una tela delgada que llegaba justo abajo de las rodillas, y que le ayudaba airearse. Se lo levantaba cuando nadie la veía, sintiendo abajo la humedad en su piel.

Cansada de mantener la misma postura, decidió irse a recostar, pero no sin antes abrir la ventana que le suministró una corriente de aire como un chorro de agua clara y refrescante.

No supo cuánto estuvo así en la duermevela y ni siquiera los ruidos de Sabino batallando con el barandal que rodeaba la cuna la molestaron. Cuando abrió los ojos estaba oscuro, el cielo se había apagado y el aire se había agotado. Volteó a ver la ventana por si Sabino la había cerrado y aún estaba abierta como una boca. Se quiso incorporar y no pudo; las fuerzas, al igual que el aire y la luz, se le habían ido. Pensó que algo no estaba bien y se sintió sola.

Como pudo colocó la almohada en su cabeza y se hizo hacia atrás para poner la espalda en el respaldo de la cabecera de la cama y le costó mucho trabajo hacerlo. Se dio cuenta que estaba sobre un charco de agua. ¿Se habría orinado?

Se asustó porque no estaba la abuela.

Como pudo llamó a Sabino y no obtuvo respuesta. Volvió a intentarlo y cuando gritó le dolió el vientre. Algo parecido a un pánico escénico se acostó con ella y ya no se pudo mover.

Sabino apareció en la puerta sin camisa, con una sonrisa en la cara.

—Lo hice —resopló—. Terminé.

Ella no lo escuchó.

—Sabino, creo que se me sale el agua del vientre cada vez que respiro.

Él también se espantó. Corrió a incorporarla, pero al ponerla de pie para llevarla al baño, se le vino un reducto de agua junto con el alma al suelo.

Se asustaron como dos niños perdidos en el desierto, sin saber qué dirección tomar: ir al baño, acostarla, prender la luz… en eso estaban cuando aparecieron los dolores y entraron en crisis.

Justo en ese momento entró Trudis, la santa abuela Gertrudis, y junto con ella, un remanso de tranquilidad y paz. Y con esto la seguridad.

—Tráeme las toallas que están en la parte de arriba del ropero y pon la olla grande con agua a hervir —y como un ángel rescató a Daniela de sus brazos.

La tomó por la espalda y la regresó a la cama. Le levantó el vestido y le colocó una almohada bajo las caderas, dejándole abiertas las piernas. Como experimentada partera, sabía que la calma era el mejor antídoto ante el caos y el miedo.

Daniela respiro aliviada, aunque cada vez eran más intensos los dolores.

—Hija, cada vez que te venga el dolor, levanta la pelvis. Ayúdame con eso. Vas a acomodar al bebé antes de que pueda sacarlo.

Le sobrevinieron una serie de arcadas y, debido a los retorcijones, sus manos se pusieron blancas de lo fuerte que se aferraba a la sábana.

—Vas bien. Respira profundo y saca el aire lentamente siguiendo el ritmo de tu corazón. Eso es, muy bien. Hazlo otra vez—. Tras una pausa, le dijo—: Ahora quiero que empieces a pujar enfocando las fuerzas en la boca de tu estómago. Ayúdame.

Salió un leve quejido de la garganta de Daniela y poco a poco se convirtió en un grito. Así continuó con un Sabino inmóvil bajo el quicio de la puerta, sin saber qué hacer.

Trudis volteó y lo fulminó con la mirada.

—¿Y mis toallas?

—Aquí están.

Solícito las colocó en la cama, ya que la vieja tenía una mano en la espalda y otra en la frente de la muchacha.

Trudis la soltó lentamente para recostarla colocándole otra almohada en la cabeza.

—Sabino, ve a ver si ya está el agua hirviendo y antes de que le apagues vacía doce gotas… doce gotas de esta infusión —sacó un pequeño frasco oscuro con una con tapa de gotero de la bolsa de su overol. Enseguida cambió de posición, colocándose de frente a las piernas abiertas que se estremecían sin control.

Daniela olió su sudor y su sangre; le costaba respirar. Aun así, tomó rápidas y profundas respiraciones tratando de reunir las fuerzas necesarias en medio del dolor inclemente, de esta manera buscaba terminar más rápido el trance. Inundó sus pulmones, elevó su pecho y pujó de nuevo para que él bebé avanzara en su interior. El esfuerzo hizo que sus piernas se templaran, pero al final escuchó un llanto tenue y constante que se convirtió en un grito que llenó la estancia y ya no paró.

Le taladraba la cabeza y no supo si lloró de emoción o de dolor.

Trudis limpió al bebé y lo envolvió en una de las toallas limpias. Ese acto hizo que el bebé se viera recompensado y dejó que el llanto se escurriera por las manos milagrosas de una abuela con gesto serio. Se lo entregó al orgulloso padre y comenzó a recoger las sábanas y las toallas manchadas de sangre que daban muestra del milagro de la vida.

La estancia se inundó de un aire fresco.

Eran ya las 10:45 de la noche y la criatura reclamaba su lugar en el mundo, dejando exhaustas a las dos mujeres y a Sabino sorprendido con el bebé depositado en sus brazos, durmiendo plácidamente: un varón de más de tres kilos y medio, cabezón, serio y adormilado, envuelto como regalo.

La abuela susurró algo al oído y besó la frente de su nieta que descansaba en silencio. Salió de la habitación olvidando el pequeño frasquito oscuro con tapa de gotero sobre el buró.

Corría la noche del sábado 27 de octubre de 1968, la fecha del nacimiento de Noé... ¿o Daniel?

UNA TRISTE DESPEDIDA

Empezaba a hacerse tarde, pero la luz persistía como un recuerdo de que el sol había estado brillando todo el día bajo el cielo de un azul profundo. Daniela contempló el cementerio y se le antojó opaco, gris: las tumbas perecían más lúgubres de lo que debían, con una ausencia de color donde todo transcurría en blanco y negro. Por consiguiente, al mirar la tumba de su abuela, se preguntó si a ella le hubiera agradado su entierro junto a la lápida con la frase esculpida que le había dedicado:

A la abuela Gertrudis Hernández
1902-1968
Sé que el cielo es un mejor lugar que
aquí en la tierra… porque te tiene a ti.

Sintió que había vulnerado un secreto al colocar el nombre completo de Trudis y unas manos frías le estrujaron el corazón. A medida que se daba cuenta de lo acontecido, todo le parecía más irreal. Nunca lo imaginó y aún no lograba asimilar la tragedia de su vida.

Toda la gente que la acompañó conocía a la abuela, habían sido socorridos en más de alguna ocasión por ella. Daniela, aún aturdida, sólo veía rostros que se le acercaban y que posteriormente, al alejarse, se convertían en sombras que se difuminaban por la distancia o el aleteo del viento.

El cura había compartido un sermón repleto de los mejores momentos de su abuela, haciendo énfasis en la frase de la Madre Teresa: "Ayudando hasta que doliera", lo que emocionó a los reunidos.

Sin embargo, Daniela se sintió ausente: su memoria se había quedado encerrada en un ataúd gris acero.

Lo delicado de su salud no le impidió estar abrazada toda la noche a la caja fría metálica con el interior de fino encaje acolchonado; imaginó que con esto protegía el cuerpo de cualquier daño. Su abuela parecía dormida y ella quería estar ahí cuando se despertara.

Eso nunca sucedió, y al final, Sabino la desprendió durante la madrugada, pues seguía aferrada con un semblante sombrío y adusto, habiéndosele agotado las lágrimas hasta que la llevó a descansar.

La paradoja se repetía: una vida nueva había nacido a cambio de la vida de una vieja que se marchitaría hasta pudrirse. Qué terrible es el precio que hay que pagar.

A todos los mozos, que ahora sumaban veinticinco, les había caído como una bomba la noticia de la muerte de su patrona, de su protectora. La mayoría con los ojos llorosos se acercaban a Daniela como buscando consuelo o buscando alivio. Se habían quedado huérfanos en un abrir y cerrar de ojos y les costaba asimilar la tragedia y el dolor que aquello conllevaba: entre ellos había padres e hijos que formaban parte del equipo de trabajo del obrador que ahora enfrentaba un futuro incierto.

Daniela, indiferente a todo lo que le rodeaba, también buscó alivio en lo más profundo de su ser. *No se puede dar algo que no se tiene*, se dijo a sí misma, encontrando paz en esa aceptación.

Las voces se mezclaron con el viento, elevándose hacia la nada, y sin darse cuenta se quedó sola con sus pensamientos.

Sabino, cargando a la criatura, había buscado refugio en la sombra de unos grandes y añosos sauces para aguantar el entierro que le había parecido insoportablemente denso. Ahora, con las manos entumidas, el bebé también le pareció terriblemente pesado.

Daniela cobró sentido cuando el sol amenazaba con irse. Una inmensa bola naranja se alejaba poniendo nubes de por medio, y la tarde cambiaba de color y de olor. Se despidió de la abuela, quien no le contestó las plegarias.

No tenía fuerzas para nada más, ni siquiera para amantar a su bebé; Sabino tendría que apañárselas de ahora en adelante, pues ella seguía en otra dimensión, un autómata que se dejaba llevar por los pocos impulsos que le mandaba su corazón. Por ahora sólo quería dormir, olvidar, y esperar que, al despertar, todo volviera a ser igual.

LA VIDA SIGUE ALLÁ AFUERA

Daniela nunca supo quién abandonó a quién. ¿Se había alejado ella de Sabino, o fue él quien se alejó de ella, asumiendo que su tristeza era contagiosa? Y en cuanto al bebé, ¿qué sería de él?

Por su embarazo, Daniela se dio cuenta, nunca atravesó la fase de la adolescencia y se hizo mayor demasiado pronto. El sentimiento de orfandad que su abuela había resguardado con tanto cuidado llenó el vacío de sus padres desconocidos, y no fue un tránsito doloroso, al contrario, la vieja había superado con creces el rol de las figuras paternas y maternas; el enamoramiento por Sabino, el descubrimiento del sexo, el nacimiento de su bebé y el agradecimiento por la vida fueron eclipsados por el horror de la trágica muerte de su abuela. Los eventos se sucedieron uno tras otro como hojas de un calendario, arrojándola directamente a la vida adulta.

La ausencia de su abuela le recordaba que ya no había espacios para quejarse de las cosas propias de la adolescencia. Desesperarse o reconciliarse formaban parte del crecimiento del carácter, pero ahora, ¿con quién hacerlo?

A sus quince años, observando a sus conocidos del catecismo, Daniela comprendió que la vida allá afuera en la Comarca seguía latiendo, seguía su ritmo. Muchas de sus compañeras, si no todas, celebraban con fiestas esa transición de niñas a mujeres, como capullos transformándose en bellas rosas abriéndose esplendorosas a la vida.

Ahora, con su bebé recién nacido reclamando su atención durante el día y deseando ser amamantado a todas horas durante la noche, Daniela experimentó un arrepentimiento que la recriminaba por el sólo hecho de haberlo pensado: *¿eran así los castigos divinos?* Sus pechos poco a poco se iban quedando sin leche, vacíos, reflejando su estado emocional.

Daniela descubrió que su vida, junto a sus sueños, se había estrellado contra el suelo encementado de su casa, sin saber que aún le esperaba un evento desafortunado que marcaría su vida con una culpa eterna incluida.

El distanciamiento con Sabino era evidente. Viviendo Daniela en las sombras, él la apartó de su bebé para que no los arrastrara, encontrando alguien que lo amantara, y logró sobrevivir incorporándose a los trabajadores del obrador. Este seguía teniendo fuertes pedidos y el desarrollo no lo detenía un accidente, por más trágico que hubiese sido.

Las especulaciones por la muerte de la abuela le llegaron a Daniela a través de los mozos, pero ella las silenciaba porque no quería más ruido en su cabeza.

Lo mejores momentos del día eran cuando estaba a solas con ella misma y la inundaban sus recuerdos de niña. Se descubrió hablando sola con la memoria de su abuela, oscilando entre el enojo y la nostalgia, la alegría y el llanto, reprochándole a la vieja la falta que le hacía y preguntándose si se estaba volviendo loca o si realmente estaba sucediendo el trance. La luz opaca abonaba a sumirla entre sombras y sólo cuando se movía de lugar regresaba a su triste realidad, una soledad implacable que la aplastaba contra los muros desnudos y fríos de su cuarto.

Las visitas de Trudis comenzaron a las dos semanas después de su entierro.

Parecía que se había sacudido el polvo y recogido el pelo en una coleta, vistiendo exactamente como el último día de su vida. Ocurrían justamente cuando la tierra, por la acción de rotación, dejaba de recibir la luz y la noche se abría paso sobre los tejados, poblando de claroscuros en la medida que avanzaba. En ese breve espacio sucedía el trance donde una sombra espesa la acompañaba a la sala.

En las corneas veladas de sus ojos se revelaba un cuerpo sin vida que tenía prisa pero no tenía voz. Al principio se sentaba en la sala frente a Daniela, con las manos apoyadas en sus rodillas, y escuchaba atenta lo que su nieta le reclamaba, exigiéndole explicaciones.

Daniela notó que su abuela comenzó a responder con parpadeos, lo que la enfadaba, pues no entendía. Pero al segundo día se dio cuenta que su abuela tenía sellada la boca y pensó, *debe ser porque a los cuerpos después de muertos se les prohíbe hablar.*

Como una alumna con cuaderno y lápiz en las manos, comenzó a contar los parpadeos hasta que llegó a la conclusión de que cada uno era un número correlacionado con las veintisiete letras del alfabeto.

Su abuela había sido su maestra y ahora reclamaba que se pusiera atenta para aprovechar los cortos espacios en los que podían compartir para trasmitir lo que parecía un mensaje urgente. La primera letra que apareció fue la número diecisiete, que correspondía a la P; la segunda la diecinueve, la R; la tercera la dieciséis, la O; seguida de la veintiuno, la T; después la número cinco, la E; y antes de irse, la siete, una G.

Su abuela se levantó y se retiró, pues parecía que tenía que respetar un permiso que se había extinguido junto con ella.

Daniela esperó con ansias su llegada al día siguiente, sentada en la sala con la mirada ausente puesta en la ventana, esperando que cambiara el color de la tarde. Entonces su abuela apareció de nuevo, pálida y con los labios pegados con algún pegamento que terminó por dejar una línea sellada donde antes hubo una boca.

Fueron más de prisa, pues ya sabían la dinámica.

Aquel día terminaron con las siguientes letras:

PROTEGEAT

Para el último día, Daniela ya tenía armado el mensaje de la vieja que, con cada día que pasaba, se iba deteriorando como si el aire tuviera una sustancia corrosiva que le empezaba a desprender partes de piel de su pálido cuerpo. Daniela, en los lapsos de lucidez, se preguntaba si realmente no estaba enloqueciendo.

Para el viernes, los espacios de tiempo entre ellas se habían hecho más cortos, su abuela ya no necesitó parpadear, su nieta le ahorró el esfuerzo.

PROTEGE A TU BEBÉ

Dos lágrimas de sangre resbalaron por las pálidas mejillas de la muerta, quien se levantó, se dio media vuelta y caminó hacia el rincón de su recámara, donde, junto con la sombra, se difuminó, dejando un leve olor a incienso.

Daniela reaccionó buscando en la casa a Sabino, dándose cuenta que había pasado toda la semana absorta en un ejercicio de júbilo y tortura, olvidándose de todo, incluso de comer.

El mensaje incómodo y pesado de su abuela la había despertado.

UN TRISTE DESPERTAR

Daniela despertó sola en su cama debido a los fuertes toquidos en la puerta. El sol se colaba por su ventana y eran más de las diez de la mañana. Desorientada, no sabía si aún estaba soñando hasta que gritó:

—¡Ya voy!

Se percató que de hecho estaba despierta, pues hacía mucho tiempo que no escuchaba su propia voz.

Le costó trabajo desperezarse y, cuando volvieron a llamar, volvió a desconfiar, pensando que los toques en la puerta eran la electricidad dentro de su cabeza.

Últimamente hacia viajes furtivos a la alacena y se preparaba infusiones que le ayudaban a dormir. Esta última vez había alterado la formula sin saber cuántos días había estado anestesiada. La llave que colgaba en su cuello era la prueba de que había estado ahí.

Al abrir la puerta, se encontró con un caporal de la hacienda del patriarca.

—Buenos días, seño Daniela, soy José, para servir a usted. Disculpe que la moleste, pero le tengo que informar algo de su incumbencia—. Daniela bostezó en clara señal de que le importaba un carajo—. Me temo que no son buenas noticias —e hizo énfasis en "no son" para terminar de despertarla—. Sabino y el bebé se fueron rumbo a Estados Unidos.

Daniela casi se cae de espaldas.

—¿Qué? ¿Pero por qué? —balbuceó aún aturdida.

—Yo soy el padre de Sabino, ¿sabe? Lo siento mucho, seño Daniela, pero creí conveniente avisarle para que lo supiera.

Daniela sintió que la tierra se abría bajos sus pies y comenzó a ver de cerca el piso. Estaba cayendo como al vacío y lo comprobó cuando su endeble humanidad se estrelló contra él.

Despertó desorientada, sin saber la hora, sumida en la oscuridad. Cuando la memoria la regresó a donde se había quedado antes de su caída, se maldijo: era la única responsable de lo que le pasaba. Ella los había abandonado primero.

¿Qué clase de madre y esposa era? Ella misma había creado una especie de laberinto en el que ahora estaba perdida y se había metido en una vida que no era la suya, si es que a eso se le podía llamar vida. Se lo merecía y se aborreció, llorando desenfrenadamente como un volcán que había estado aguardando ese momento para hacer erupción. Se desahogó llorando hasta que ya no le quedaron más gritos, lágrimas o fuerzas.

Tenía una semana sin asearse cuando José y Juliana, la hermana de Sabino y el caporal, su suegro, aparecieron.

Hasta ahora los conocía y lamentó las circunstancias en las que lo hacía. Le dio pena por ella y por ellos: aunque se sentían culpables, la única causante era ella. Se consoló pensando que quizás Sabino había hecho lo mejor para el bebé y para él, alejándose de alguien que era una muerta encerrada en el caparazón de un cuerpo.

Le ayudaron a levantarse, pues el golpe la había dejado sin fuerzas.

La bañaron y la peinaron como a una muñeca rota rescatada de la basura con la esperanza de que pudiera seguir funcionando. Habían preparado caldo de gallina y ella comió como un náufrago que llevara meses sin probar bocado. Tenía los labios agrietados, el alma y el corazón marchitos, pero se levantó y se prometió que no volvería a sentir lastima por ella misma. Nunca más.

Recuperaría a su marido y a su hijo así dejara la vida en el empeño.

Juliana comenzó a recoger los trastos sin lavar y Daniela enfática y categóricamente le dijo:

—Deja eso que lo hago yo. Gracias por su compañía—. Se dirigió a la puerta para abrirla y los despidió.

Al día siguiente, cuando abrió la puerta, entró un aire fresco que olía a montaña. Ello le recordó a su abuela y le dedicó un pensamiento: *Abuela, ayúdame a ser fuerte como tú.*

Abrió las ventanas, incluyendo las de la cocina, los cuartos y el anexo a la casa con la alacena muda a un lado. Dejó que el aire que bajaba de la montaña se llevara todos los espíritus que habitaban la casa y prendió un pedazo de sándalo para aromatizar los rincones. En la recámara de la abuela quitó el tapete, descorrió las betas de la puerta del baúl y logró abrirlo para sacar dinero. Lo volvió a cerrar y dejó todo como estaba.

Quería, a su regreso, no encontrar ningún olor que le recordara su pasado reciente, al ayer.

Se vistió con un jean y una blusa limpia de paño azul, notando que necesitaba un cinturón, ya que le quedaban grandes; estaba demasiado escuálida, pálida y ojerosa. Se pintó los labios, se coloreó ligeramente las mejillas, le dio color a su rostro y sus ojos marrones hicieron el resto.

Decidida llegó al obrador al fondo de la parcela, donde se reunió con los trabajadores, encabezados por Rigo.

—Buenos días. ¿Cómo están? —saludó a los sorprendidos mozos

Todos vieron el cambio y se alegraron por ella primero, después por ellos, y por último por sus familias.

—¿Cuántas semanas de raya se les adeuda?

—Sólo cuatro —contestó Rigo en nombre de los veinticinco mozos—. Aquí tengo la lista de a quienes le he prestado para salir con los gastos de la semana mientras usted estaba convaleciente.

"Convaleciente", una palabra inofensiva, aunque la correcta era "perdida"

—¿De dónde tienes dinero? —preguntó Daniela.

—De la última entrega. Me pagaron y de ahí tomé para ayudarles. Todo aquí está anotado —explicó Rigo, sacando unas hojas de papel de su bolso del pantalón, demostrando la confianza ganada con la abuela—. Cuentas claras, amistades largas.

Rigo era el único que sabía leer y sacar cuentas, gracias a la abuela. Además, era honesto y había estado con ella desde el inicio, cuando entre aciertos y errores habían hecho que funcionara la empresa poco después de la partida del difunto esposo.

Cuatro semanas he estado ausente de este mundo material, sumida en otro de diferente dimensión que me despertó los sentidos en dolor y sufrimiento. Al despertar había perdido lo que más quería en la vida.

Al terminar de repartir la paga, les pidió disculpas y les agradeció por haber mantenido el obrador en funcionamiento. Ellos se alegraron por verla de pie y por la promesa.

—¡No los voy a dejar otra vez solos! De verdad, muchas gracias… ¡A trabajar se ha dicho!

Aplaudieron al unísono con aprobación.

Cuando terminó aquella pequeña reunión se dio cuenta que su blusa estaba manchada, sus senos volvían a rebosar leche, la misma que le había negado a su bebé, y se recriminó por ello. Cuando comenzaba de nuevo a despreciarse y a sentirse culpable, estalló:

—¡Basta! No más —gritó, y todos los mozos hicieron un alto en sus labores, estaban tan acostumbrados a las órdenes de su abuela que pensaron que algo estaban haciendo mal, pues todos habían regresado a su trabajo.

Con la cara sudando, hizo lo que su abuela nunca había hecho, fue a donde estaba cada obrero y le dio un abrazo en señal de disculpa. Ellos, desconcertados, se dejaron hacer: se sintieron apreciados. Fue una buena manera de sacudirse la tristeza y la pena que arrastraba consigo misma: ahora ya sabía cómo expiar sus culpas.

Daniela comenzaba a recuperarse de una enfermedad creada por ella misma, como la del alcohólico que ve una pequeña luz al final del túnel y avanza un día a la vez.

Juliana llegó al día siguiente a buscarla al obrador para entregarle una carta de Sabino. Daniela, ansiosa, se la arrebató para abrirla. Al hacerlo la misiva le quemó las manos, por lo que le costó sostenerla como si fuera una tortilla recién salida del comal.

La cuñada la observó. Algo dijo, pero Daniela no la escuchó.

Sabino empezaba la carta pidiéndole perdón y le comunicaba que su hijo estaba en buenas manos. ¿Su hijo en buenas manos? ¿Ya no había un nuestro? Escribía que, por el bien de todos, pero más por el del bebé, no debía buscarlos.

Cabrón, hijo de puta, quién es él para decidir por mí.

La hermana le escuchó nítidamente el pensamiento, porque retumbó. Pero, impávida como estaba, la entendía, ella también era madre, conocía el dolor que atravesaba el cuerpo al parirlos y no se imaginaba sin ellos.

Ahí, frente al arroyo que cada día llevaba menos agua, terminó de arrojar sus últimas lágrimas. Se volvió a vaciar, pero ahora en silencio. *Estar vacío es los más trágico que puede llegar a estar un cuerpo. Vacío es nada. Es lo contrario a la esperanza y es la ausencia de la vida.* Sólo los espasmos dieron cuenta de la purga que estaban librando su espíritu y su cuerpo. Miró al cielo buscando a Trudis, ella siempre sabía qué hacer.

Pero no le respondió, sólo Juliana se compadeció y la tomó de los hombros, la abrazó y lloró por ella.

El sol siguió brillando como un recordatorio de que la vida continua.

En los siguientes días, Daniela volvió a caer en sus letargos. Sin embargo, gracias a José y a Juliana, y en algunas ocasiones Rigo como fiel vigilante, no estuvo sola. Ellos, sin saberlo, le habían salvado la vida, pues ya tenía el veneno preparado para tomárselo y no despertar jamás. Habría sido cuestión de horas, quizás de minutos; si las sombras la hubieran arropado, se hubiera quitado la vida. Pero la presencia de los tres, apareciendo uno o el otro, le permitió a Daniela mantener la cordura, buscar un poco de fe y esperanza con la imagen de su bebé tatuada en los pensamientos, impidiéndole rendirse.

En el baúl de Trudis estaba la muñeca vieja de trapo muchas veces remendada, y a Daniela le pareció verse en ella. Era la que todas las noches acompañaba a dormir a la niña hermosa de los hoyuelos en las mejillas y de los ojos marrones, los que cuando se abrían traían el alba, pintando de colores tersos y alumbrando las mañanas tibias de verano. Aquella niña junto con sus recuerdos parecía tan distante ahora…

La volvió a acomodar con mucho cuidado, con esto buscaba no estropearla, y la cubrió con una franela rosa.

Tomó el grueso cuaderno de pasta negra lleno de notas y fórmulas y se dio cuenta de la herencia que le había dejado su abuela. Al abrirlo, cayó una bolsa de tela que contenía unos zapatitos bordados a medio terminar de color azul y blanco, junto a unas agujas largas de bordar y una madeja de hilo. Seguramente su abuela había puesto mucho empeño en crear un regalo para un recién nacido que no alcanzó a entregar.

Daniela se los llevó al pecho, sintiendo la presencia de su abuela en la casa habitada de nuevo por fantasmas, sombras y caos.

En un solo año se había quedado huérfana y viuda: Sabino acababa de morirse para ella.

Pero, ¿y su bebé?

Con esa pregunta en mente sacó fuerzas y coraje de sus flaquezas y las convirtió en su luz. Tenía que salir de aquel hoyo oscuro en el que había caído.

LA TRAMPA SE CIERRA

Le urgía que se acabara este año nefasto, el peor de su vida. Sólo el trabajo la animaba.

Se hizo un nudo en el pelo y comenzó en la cocina. Fregó los trastos con residuos de comida podrida y los colocó en el escurridor, vació el refrigerador tirando recipientes llenos de comida descompuesta, lavó el piso que comenzaba a acumular mugre. Continuó con la sala, recogiendo las sábanas con costras de vómito en las que se envolvía. Ese rincón había sido su dormitorio en las semanas cuando se daba pena a sí misma, temiendo dormir en su recámara. Sacudió los muebles, tiró desperdicios, botellas, basura, cambió las cortinas grises cubiertas de polvo por una blancas y trasparentes. En su recámara cambio las sábanas manchadas de sangre por otras limpias, frescas y rosadas.

Después se adentró en la recámara de la abuela, que estaba toda desordenada. La ventana era testigo de sus momentos de rendición después de haber desvariado en sus noches de insomnio. Finalmente llegó a la recámara de Sabino y el bebé. Al ver la cama-cuna vacía, se desplomó, no por el cansancio sino por la ausencia.

Sin embargo se levantó y volvió a la carga con el trapeador en una mano y el balde con cloro en la otra. Ya no paró hasta que volvió a sacarle brillo al piso, orgullo de su abuela. Abrió las ventanas y con esto el corazón a la vida.

Venció la apatía y la tristeza y acabó cansada tanto por el esfuerzo como por toda la carga emocional que le pesaba toneladas. Al terminar había anochecido; sacó un cigarro de los que fumaba a escondidas su abuela y salió al porche.

Fumó por primera vez desde hacía mucho tiempo, contemplando la sonrisa de una luna menguante. Mentalmente la maldijo, *si tú no tienes la culpa, yo tampoco. Pero sé que me voy a levantar… lo haré aunque tú te caigas del cielo.* La amenazó mirándole de frente, arrugando el entrecejo, pero la luna permaneció en silencio, testigo de los fantasmas que habitaban en Daniela. De sus pulmones arrojó el humo, expulsando de su cuerpo los demonios que la atormentaban.

Fue la primera noche en muchas que Daniela pudo dormir.

El vivero cobró vida. Muchas plantas habían muerto, se habían ido con Trudis. Otras, las más resistentes, la esperaban ávidas de agua, así que acudió expedita en su auxilio. Sobrevivieron las más fuertes, las que, como sus antepasados, habían atravesado generaciones.

Las podó, las limpió y las abonó. A continuación separó todas las macetas vacías, identificadas con sus nombres. Tenía que buscarlas para que todo estuviera completo y ordenado, como debía ser, según el catálogo de su abuela.

El olor a azufre impregnaba la alacena, testigo de las mezclas que había preparado cuando estaba narcotizada. Limpió, tirando sustancias rancias que habían perdido viscosidad, y comenzó de nuevo.

Desde que amanecía hasta que anochecía se la podía ver con el libro de tapa negra en la mano, tratando de ubicar, cambiar, verter frascos y tubos de vidrio. Quería llegar cansada a la cama para, al acostarse dormir, ya no pensar jamás en el pasado.

En el obrador reordenó los procesos, creando una línea de ensamblaje. Mejoró los tiempos y el sistema de riego, volviendo más eficiente toda la operación. Había ahora tres hornos.

Con el inicio de las fiestas decembrinas, a partir del doce de diciembre, bajó el frío gélido de la montaña y junto con este le llegó una invitación del Patriarca. El amable caporal José se la entregó en sus manos, tal como le habían indicado.

—Buenos días, señó Daniela. El patrón quiere hablar en privado con usted.

Se sobresaltó, sin saber si era por el frío o por la invitación. Aun así, instó a José con la mirada para que le diera más detalles, pero no los hubo: él era simplemente un mozo cumpliendo órdenes.

Antes de que terminara ese fatídico año iba a haber algo más que alteraría su entorno, su vida. Esta vez sería para siempre, aunque ella aún estaba por descubrirlo.

Se vistió unos vaqueros de mezclilla con una blusa a cuadros azules y blancos. No se maquilló para la ocasión y se puso un chal oscuro sobre los hombros en señal de duelo. Su instinto le ordenó lucir lo más discreta posible.

Si había necesidad de enfrentarlo, este era el mejor día. Hasta ahora esta era la mejor versión de ella en mucho tiempo, pues no mostraba signos de debilidad. Al contrario, se sentía fuerte y con ganas de aguantar lo que fuera. Ya no tenía más nada que perder, de ahora en adelante todo era ganancia.

No podía estar más equivocada.

Cuando llegó a la Hacienda la Estrella la hicieron pasar a la oficina. Entró y, como no había nadie, se sentó.

Comenzó a ver cuadro por cuadro las fotos de los toros, caballos y jinetes cabalgando, guiando enormes manadas. Una en particular debió haber sido tomado desde el cielo, pues había más de un centenar de ganado variopinto bajando una cañada, destacando el color negro en la gran mancha. Era simplemente espectacular.

Continuo su recorrido y sus ojos se posaron en un cuadro donde un enorme toro cebú barcino destacaba, altivo. Supo que ese era el elegido.

Mientras estaba perdida en la foto, entró él con un porte altivo, vestido como para ir a una fiesta de gala: botines de gamuza, jeans con cinto piteado y con una hebilla plateada con sus iniciales, además de una camisa vaquera de paño verde. Daniela se puso de pie al verlo y él la admiró con descaro.

Esa mañana estaba más guapa que la última vez que él la había visto, el brillo de su pelo olía a jazmín y el marrón de sus ojos, resguardados por unas enormes pestañas negras, denotaba la nobleza de su belleza.

Ella lo miró directamente a la cara: no había miedo. Él sonrió después de admirarla, de barrer de arriba abajo su porte regio, y Daniela se sintió desnudada de cuerpo y alma.

—Siéntate —le ordenó sin levantar la voz.

Esperó que ella lo hiciera para después hacerlo él.

A continuación abrió un cajón de su escritorio y sacó un sobre amarillo del que extrajo unos documentos ordenados. Con la autoridad que le daba el poder, le comunicó lo último que ella hubiera imaginado acerca de por qué estaba ahí aquella mañana.

—El terreno y lo que contiene es de mi propiedad. Trudis, tu abuela, nunca me pagó como habíamos pactado por las dos hectáreas, además de los préstamos para la construcción del obrador —le mostró el documento notariado con cuatro pagarés agarrados con un clip, y ella reconoció la firma de su abuela. Bajando el tono de voz e inclinando el torso hacia ella, le dijo—: No te había buscado porque estabas lidiando con tus penas. Estoy enterado de todo lo que te pasó. Yo estuve en el entierro de tu abuela. De hecho, yo corrí con los gastos —quiso pintarse como un benefactor con una sonrisa estúpida esculpida en su rostro de dios falso.

Daniela seguía hipnotizada, con la mirada fija en el escritorio donde descansaban los documentos que ni siquiera se atrevía a ver.

—Pero ahora necesito recuperarlos. Por favor, espero que me comprendas —su voz bajó otro decibel—. No tengo más tiempo.

Hijo de puta.

Al darse cuenta de que ella tenía miedo de tomar los papeles, regresó a su postura anterior y estiró las manos para separar por completo los documentos, desplegando el acta notariada como si fueran las cartas de una mano que ganaba la partida. Al hacer esto mostró los pagarés para que Daniela pudiera ver cómo había cambiado el color del papel con el tiempo, y también para que viera las cantidades. Cuando logró capturar su atención, continuó:

—Este tiene diez, este once, y estos últimos dos, doce años de antigüedad.

Daniela hizo memoria de lo poco comunicativa que era su abuela, especialmente con sus negocios. Se tuvo que agarrar del escritorio frío para no caerse y se volvió a sentar. No se había dado cuenta cuándo se había puesto de pie.

Algo no está bien. La vida es injusta, pero aun así hay que vivirla. Eso ya lo había decidido.

Recobrando el aliento, suspiró, tomó aire desde muy adentro de su ser, y sacó la única frase que le escocia por dentro:

—¿Qué tengo que hacer para conservar la casa, la parcela y el obrador? —no sonó a pregunta sino a decisión.

El silencio los envolvió por un instante. Era la pregunta clave que el hombre estaba esperando. Se alisó el bigote, se frotó las manos y se reclinó en su sillón señorial. Sin apartar la mirada de la cara de Daniela, le soltó:

—Que te cases conmigo.

Fue una estocada de un filoso estilete a su ya lacerado corazón que la dejó fría. Pero su mente le regresó el calor al cuerpo más rápido de lo que esperaba, pues ya estaba curtida. Sonrió y se dio cuenta que había caído en la trampa. Resoplando para no ahogarse lanzó un hondo suspiro, levantó la mirada y firmemente le contestó:

—¿Cuándo nos casamos? —y el tiempo se ralentizó en la oficina, aislándola como una burbuja. *Al enemigo hay que tenerlo lo más cerca que se pueda*, pensó.

Él quedó sorprendido, no esperaba esta respuesta, pero rápidamente recobró la vertical y con ella la sonrisa de ganador.

—Me alegra escucharte, eres muy inteligente. Vamos a correr con los preparativos para que antes de que se acabe el año pueda desposarte —y ya no ocultó la mirada lasciva sobre su cuerpo—. Yo te aviso —dijo poniéndose de pie. Se quedó con la boca abierta viendo a Daniela levantarse para encaminarse hacia la puerta de la oficina.

Antes de salir, Daniela se dio media vuelta y señaló al cuadro.

—Ese es el toro cebú barcino, ¿correcto?

Cuando él volteó hacia el cuadro, ella lo traspasó con la mirada, dejando al descubierto la estampa del hombre y la bestia. Al final, para ella eran lo mismo, el primero actuaba conscientemente y el segundo por instinto.

El Patriarca quedó desarmado y no supo qué contestar, sólo asintió.

UNA BODA DE FIN DE AÑO

Tras regresar a su casa, se le vio desenvuelta, como si hubiera expulsado los malos espíritus que la habitaban. Hizo el trayecto de la hacienda a su obrador a pie. Quería caminar para oxigenarse, para recuperarse.

Al abrir el portón del obrador, Rigo, el fiel encargado, salió a su encuentro: había puntos clave del negocio que reclamaban su atención y no podían aplazarse.

Revisaron la larga lista de pendientes, caminando por el área de preparación de la mezcla y después por el área de elaboración de ladrillos con moldes de madera. Por último una montaña de cáscaras de coco secas les tapó el paso. Estaban empeñados en removerla para colocarla junto a los hornos del obrador, pues esa noche iban a prenderle fuego a un obrador de dos mil cuatrocientas unidades.

La cobranza estaba atrasada, así que le pidió a Rigo que la acompañara a visitar a los clientes morosos. Conoció a los constructores, en su mayoría hombres, y aprovechó para presentarse personalmente. Algunos habían oído hablar de ella pero no sabían que fuera tan joven, guapa y de muy agradable presencia. Esto último obró a su favor, pues ayudó a que la mayoría saldara las cuentas atrasadas. Ella se mantuvo firme en su papel: con adeudo hay mora e intereses y no más ladrillos.

No quedaron dudas de la gallardía de esta mujer cuya personalidad parecía diez años mayor que su edad biológica. Cuando terminaron el recorrido, se regresaron con un buen día de cosecha. Habían alcanzado acuerdo de pagos en un 70% de la cartera vencida. Nada mal para ser el primer día de cobranza.

Daniela buscó absorber todos los pendientes y tareas para mantener su mente ocupada, tratando de asumir el rol de su responsabilidad y de este modo alejarse de las perturbaciones personales que le causaban dolor de cabeza. Pero hacia el final del día, su ahora fiel colaborador la llevó a donde no quería ir ni con el pensamiento.

—Seño Daniela, ¿es verdad que el obrador es propiedad del Patriarca? —preguntó Rigo.

—No —contestó tajante—. Es de nosotros. Diles a los demás que escuchen lo que escuchen o vean lo que vean, que no se preocupen. Aquí van a tener trabajo hasta que quieran, y voy a cumplir la promesa de mi abuela —no mencionó su nombre para no perturbar su paz—. Aquí van a trabajar hasta que se mueran, y los hijos de sus hijos. ¿Por qué no? Ahora, quiero que me mandes a dos mozos para mañana todo el día me ayuden a limpiar el vivero. Necesitamos ponerlo a producir.

—Pero la seño Trudis no dejaba que nos acercáramos.

—Déjala a ella en paz. Ahora estoy yo, y conmigo sí pueden entrar.

A Rigo le gustó que la seño Daniela tuviera esa actitud, que fuera directa y que le recordara a la abuela. Hay gente que necesita ser guida y protegida, y Rigo y los mozos pertenecían a esta camada.

—Como usted mande, jefa —y se despidió con un saludo marcial llevándose la mano a la frente.

La boda fue el gran acontecimiento de toda la Comarca. Se casaron por la tarde del 31 de diciembre, alumbrando con el magno evento al nuevo día del año nuevo, que se prolongó por tres días. Hubo mucha variedad de comida y de bebidas espirituosas. La hacienda se vistió de gala al recibir a tanto invitado venido de todas las regiones del país, incluido el gobernador del estado y su distinguida esposa.

Daniela, ayudada por las tres hermanas castas mayores de Simón García, confeccionó el vestido y el peinado, su juventud resolvió el resto y la boda salió en tiempo y forma con muy pocos días de planeación.

Simón García era un hombre serio, de voz ronca, alto y fornido, de piel trigueña tostada por el sol. Tenía un mentón cuadrado adornado por sendas patillas de ala ancha que le conferían estatus de hacendado pudiente. Era muy buen jinete; parecía que había nacido en la silla de montar del caballo. Le apasionaban las armas y tenía una puntería endiablada; era muy respetado en la Comarca, rara vez bebía y nunca fumaba. En toda la extensión de la palabra, era un hacendado heredero de un legado que había sido primero de su abuelo, posteriormente de su padre: tres generaciones juntas que tenían más de 150 años de tradición.

Se casó a la vieja usanza, vestido de charro con un traje confeccionado con lentejuelas de plata y oro, de paño negro. Adornando el cuello llevaba un corbatín con los colores de la hacienda: plata, blanco y oro, hecho a la medida para aquel acontecimiento histórico. Era el hijo menor y el único varón de la familia, por derecho de sangre tenía la obligación de preservar la herencia y a su edad ya había triplicado el patrimonio.

Sus hermanas mayores, sin casarse, se habían quedado a esperar que el hombre de la casa lo hiciera primero, el elegido por sus padres para preservar su especie, por lo que buscaron consuelo entregándose a Dios y a la oración, y se les pasaron los años: Leonarda, Leónidas y Leonor aceptaron sumisas los destinos que les tocó vivir. Eran estos los lazos que hacían que los potentados hacendados tuvieran fuertes cimientos, arraigados como los de un enorme y añejo árbol enraizado a la tierra, tanto que era parte de la estructura del suelo que pisaban.

El acta de matrimonio por el civil quedó registrada por bienes mancomunados; Simón García, varón originario de la Hacienda la Estrella, de treinta y cuatro años cumplidos, y Daniela García, originaria de la Comarca, de dieciséis años en su haber.

Lucieron impecables, opacando al sol. Ella llevaba trenzas como diadema alrededor de la cabeza. Con sólo una capa de maquillaje, su rostro mostraba su belleza al natural. Lucía unas arracadas de oro pertenecientes a la que fue abuela de su futuro esposo. Sus ojos marrones habían recobrado el brillo, adornados con unas pestañas chinas negras. El vestido, color perla, era *strapless*, dejaba al descubierto los hombros y resaltaba su hermoso cuello desnudo. Incluso se atrevió a sonreír de una forma tímida que quedó grabada en la lente con la que se inmortalizó el momento preciso.

LOS HEREDEROS

Toda la Comarca veía en el Patriarca a un ser benévolo; todos conocían la tragedia de Daniela y, al salir en su rescate, este acto le dio un impulso a su prestigio magnánimo que se recibía con agrado ante las miradas de las personas que lo rodeaban.

Nada más alejado de la realidad.

Nadie podía brillar más que él. Nadie podía destacar más, y si alguien inferior a su estatus se atrevía, lo consideraba un agravio y en automático se convertía en su rival. Lo mismo aplicaba en sus negocios: privilegiaba las alianzas con otros de sus iguales para que nadie se le brincara al ruedo. Él eran el dueño y él decidía quien entraba y quien no, incluso quien debía salir. Como le pasó a Trudis, aquella vieja loca que ostentó saber más que él, e incluso lo había desafiado... Cómo olvidarla.

Al principio, aunque Daniela no le dio oportunidad de que la golpeara, la trató como un objeto de su colección, una potranca de la que podía disponer cuando quisiera y como quisiera. No hacía el amor, la poseía sin más. La penetraba cuando "la fiera" tenía hambre, así llamaba a su parte de varón y lo presumía a sus caporales.

—¿Por qué "fiera"? —le preguntaban.

Por indomable y por el tamaño. Todo en él era grande, según su criterio, y como él era el jefe había que aceptarlo y respetarlo. Así, a los dos meses, Daniela quedó preñada y él cambio su actitud. Habían hecho un pacto no escrito. Ella seguiría con sus responsabilidades del obrador y sus mozos, del arroyo y su barro, de su vivero y sus plantas, de su alacena y sus menjurjes. Pero cuando ya no pudo con la barriga, él se enfadó y la mandó a hacer reposo.

—Basta ya, eso que cargas es mío —bufó.

Exactamente a los once meses de casada, en una clínica de la capital, nació su primer hijo. Él quiso romper con la tradición familiar de su descendencia y dejó que ella participara en la elección del nombre. No habría más Simones en el árbol genealógico, con tres había bastado. Con esto, decidió cortar con una cadena cuyo nombre generaba respeto, pero primero miedo. Quiso dar una actualizada a la generación futura con sus hijos. Al final acordaron que él le pondría el nombre que tomó de su madre, Luisa, y ella aportó el de Gabriel, por el arcángel, el mensajero de Dios. Y así nació Luis Gabriel, el primero de los Luises y el heredero por línea consanguínea.

Simón no quiso que lo amamantara Daniela para que no se le atrofiaran los senos, esos eran para él. Trajeron a una mujer recién parida, esposa de uno de los vaqueros de la cuadra con enormes senos cargados de leche.

Después de la cuarentena ella comenzó a ser más libre, pues el padre comenzó a montar con su bebé en brazos y después lo pasó a su caballo asignado, un pony noble y viejo con una silla confeccionada para el niño. Se lo llevaba a las faenas y no había poder humano que se lo impidiera: lo iba convertir en hombre como hizo su padre con él, al más puro estilo latifundista.

Daniela acató las órdenes. Esto le dio tiempo para ella, sólo tenía que aguantar en las noches las embestidas sexuales del macho de su marido que también necesitaba ser amamantado y que siempre quería más. No había besos de por medio, él sólo quería meterla cuando estuviese tiesa y ella aguantaba entre alientos entrecortados y uno que otro grito ahogado, su sudor cayéndole en la cara, sus fluidos y, en la mayoría de las ocasiones, el dolor de tanta acometida. Pero llegaba el día y ella era libre como las mariposas en primavera que pueden escoger posarse en infinidad de flores a su alcance. A pesar de la servidumbre que tenía para ella, prefería escaparse a su obrador. Ahora lo hacía montada en un caballo alazán pura sangre, resaltando su belleza. Era todo un espectáculo ver a esta amazona cruzar los prados que les alegraban la vida a sus mozos.

Así logro respirar y mantenerse estoicamente. Al mes volvió a quedar embarazada y, como un ciclo, volvió a lucir los vestidos cómodos y ventilados. En el segundo año de matrimonio, en pleno aniversario, el primero de enero, nació otro varón, el segundo Luis. Pero su padre, influenciado por sus hermanas, todas ellas al servicio de Dios y el cura, quisieron que llevara de acompañamiento Ángel. Y así quedo registrado: Luis Ángel.

Era un bebé hermoso que heredó las facciones finas de su madre. Igual que su hermano mayor, lo amamantaron con una madre postiza recién parida, habitante de la hacienda. Era un privilegio, pues eran recompensados económicamente con viviendas.

Los dos embarazos la agotaron físicamente. Su marido no aguantaba las cuarentenas con las ansias de macho alfa al abordaje, así que Daniela, en sus visitas al interior de su anterior vivienda, tras revisar el cuaderno de pastas negras de la abuela, encontró la combinación ideal para no embarazarse y bajarle las ansias sexuales a su marido. Juntó las hojas, creó la mezcla y extrajo un polvo suficientemente poderoso. Por ahora, quería dejar descansar su cuerpo.

Simón no bajaba su apetito sexual, ella todavía leía la lujuria en sus ojos y todas las noches le hacía tomar su fórmula en un té con la excusa de ayudarlo a descansar de las agotadoras faenas. Con ello resolvió el asunto haciendo más espaciosos los encuentros sexuales, dándose un respiro, recuperando las horas de sueño y sin sobresaltarse en la madrugada por la fiera tiesa de su dueño.

ALGO QUE ESTABA
A BUEN RESGUARDO

Marzo llegaba con lluvias, y aunque estas suponían un reto para el obrador y sus hornos, Daniela y sus fieles trabajadores ya sabían capear el temporal. Como eran días perdidos, ella aprovechó para hacer una inmersión en su vivero, ahora multiplicado con nuevas variedades y especies. Venía trabajando con infinidad de fórmulas y, en secreto, ese año comenzaría a comercializarlas.

Nabor, uno de los mozos a quien se le daba bien la horticultura, se convirtió en su brazo derecho. Daniela le había enseñado a leer y había un agradecimiento mutuo que se reflejaba en el desarrollo ahora extendido del vivero. "Tiene buenas manos", diría su abuela.

Al menos una botica de la capital del estado estaba interesada en lo que ofrecía Daniela: la fórmula para la preparación de líquidos viscosos, mezclas convertidas en polvos, pastas, soluciones en gotas y ungüentos que cubrían una serie de afectaciones, laceraciones, dolencias y enfermedades, aunque la creación de la anestesia era la formula estrella.

Daniela guardaba celosamente su proyecto, principalmente de su marido: no era el momento. Con eso soñaba y se entusiasmaba con sus descubrimientos. Recientemente había elaborado una mezcla pastosa de color mostaza que succionaba el veneno de todos los bichos rastreros, como el alacrán, las arañas ponzoñosas y las serpientes. La Comarca era un hervidero de bichos, especialmente en época de lluvias, pues buscaban calentarse y resguardarse de la humedad entre la leña, las rendijas de las paredes de las casas y por supuesto entre las cáscaras de coco cubiertas por plásticos destinadas para el obrador.

Con la llegada de la primavera comenzó también el desfile de afectados buscando alivio para salvarse del veneno mortal de los piquetes. Daniela tenía el antídoto listo para ser puesto a prueba y sus mozos, quienes también sufrían las picaduras, eran los primeros conejillos de india de su campo experimental. El jarabe para el dolor, y "la milagrosa", como llamaba a la pasta para el veneno, los hacían sentir seguros, pues eran rescatados en minutos. ¿Cómo no iba a poder vender esta pócima que resultaba milagrosa?

Pero entonces llegó la noticia a la Comarca, algo que creía enterrado en lo más profundo de su ser. Sabino había muerto en un accidente de tránsito en los Estados Unidos, y José, su padre, le estaba pidiendo permiso al Patriarca para repatriar su cuerpo y darle cristiana sepultura. La negativa fue inmediata y rotunda.

—¡No! —fue la respuesta del Patriarca, recordándose que su flamante esposa no había llegado virgen a su vida.

Daniela abogó por el padre afligido y, después de un día de sobresaltos, cedió el hombre magnánimo que llevaba dentro. Daniela no sabía que aquel acto le iba a regresar al dolor de antaño. Ilusa, creía que también vendrían junto con el muerto noticias de su bebé, al que no había olvidado y cuya cara llevaba grabada con fuego en la memoria.

Ahora la criatura estaría cumpliendo cuatro años, pero los que aparecieron fueron los celos y los ataques desde que llego el ataúd, que al Patriarca le recordaba que él no había sido el primero en su vida. Era como echar vinagre en la herida escociéndole hasta el alma, por lo que comenzó a tratar mal a Daniela. Le prohibió ir al velorio, y ella, con su firme carácter, lo mandó derechito a la mierda. Fue una buena decisión ir, pues aquella noche iba a cambiar su vida... de nuevo, para bien o para mal.

Pasada la medianoche, Daniela estaba a punto de regresarse a la hacienda para tratar de mitigar el arranque furioso de su esposo. Había cumplido con acompañar a la familia de su ex en su dolor. Cuando Juliana, la hermana seria y callada de Sabino, la abordó.

Juliana caminó hasta rodear el féretro. Buscaba sigilosamente acercarse a Daniela, quien estaba retirada de las personas con una taza de café en la mano, viendo la oscuridad como buscando algo, por lo que no la sintió acercarse. Juliana se detuvo justa detrás de ella y al comenzar a hablar se avergonzó de su voz afónica. Le vino sólo un murmullo que a medida que salía se iba incrementando y aclarando.

—Por Dios nuestro Señor, que va a servir de testigo de lo que voy a decirte... ni Sabino se hubiera atrevido a confesarte, pero no es justo lo que viviste y lo que sufriste. Espero no causarte más daño del que ya te hicieron —dijo Juliana.

Daniela escuchó las palabras a su espalda y no se atrevió a voltear a verle la cara. Buscaba con esto protegerse del efecto que estaba a punto de recibir.

—Tampoco quiero justificar lo que hizo mi hermano. Él ya pagó y ahí está metido en su caja. Mañana se vuelve a ir, ahora para nunca más volver.

Un temblor recorrió el cuerpo de Daniela. Sus neuronas parecían advertirle de algún colapso en su sistema respiratorio, pero aguantó sin voltear.

—Simón García pagó a mi hermano diez mil pesos para que huyera con el bebé —reveló Juliana.

Daniela logró emitir solo un lento sonido seco, como el de un golpe que expulsa el aire de los pulmones, dejándola sin aliento.

—El Patriarca armó el plan. Yo lo escuché y fui testigo de cómo se debatió mi hermano ante aquella propuesta. Era difícil decir que no, pues iba arreglado con viaje todo pagado hasta Houston.

—Pero, ¿y el bebé? —preguntó Daniela ahora de frente ante la figura endeble de la mujer con cara de arrepentimiento.

La chispa que desprendían los ojos de Daniela era la de un felino a punto de atacar, pero se contuvo, Juliana no era su presa. Bajó el tono de voz buscando tocar las fibras más íntimas de su cuñada, pues se dio cuenta que sabía más de lo que nunca se había imaginado.

—Pero, y el bebé —aunque sonó a pregunta, en realidad era una introspección a su dolor y al coraje con la cual buscaba un hilo que la atara al paradero del bebé, un hilo que la ayudara a coser la herida de su alma. Y la reflexión se quedó en el aire porque de su cuñada. no obtuvo respuesta, había terminado con su encargo, por lo que concluyó que *el hijo de la gran puta de Sabino se llevó el secreto a su tumba*—. Maldito seas, ojalá que tu alma no encuentre el descanso eterno —murmuró

Daniela, arrojando con todas sus fuerzas la taza de café hacia una figura en la oscuridad que sólo ella pudo ver.

Dio media vuelta y ya no alcanzó a escuchar la palabra agónica de Juliana pidiéndole perdón.

La volteó a ver y sintió pena por ella. Había tenido que cargar aquello más de cuatro años, tanto que su figura ya se había encorvado. Ahora, sin embargo, se había librado de la carga que le representaba el tamaño enorme de aquel secreto.

Daniela llegó a la hacienda y en lugar de ir a su recámara se metió a la de sus hijos. Los abrazó a ambos para que la limpiaran de los negros pensamientos que le nublaban la memoria y que la excomulgaran del pecado atroz que había cometido. Los volvió a colocar en sus pequeñas camas y los arropó con las telas finas de algodón. Les dio un beso en la frente a cada uno.

Posteriormente se enfiló a su alcoba, se desnudó, y se metió debajo de las sábanas de satín. Despertó el miembro a su garañón y ella lo montó como se monta una yegua y lo cabalgó hasta el amanecer, hasta que él le suplicó:

—No más, por favor —lo mandó a callar con su sexo en su boca y siguió con su juego sexual perverso hasta que él, como pudo, se levantó y huyo al baño y se encerró.

Ella, con una mueca siniestra le exigía más gritándole a todo pulmón:

—¡No que muy macho, cabrón!

Amaneció con una claridad mental que le agudizaba todos los sentidos. Llegó al comedor antes de que Simón se fuera, pasó por detrás y justo en la espalda de su silla hizo un alto y le acarició la barba de tres días al momento que le preguntaba delante de sus tres cuñadas, que tenía enfrente:

—¿Cómo te fue anoche?

Él estuvo a punto de expulsar el jugo de naranja de su boca. Ella lamentó no poder verle la cara, pero sus hermanas y los dos criados sí lo hicieron. La bata que la cubría dejaba entrever una línea que separaba su hermoso cuerpo como si fuera una herida que la partía en dos. Estaba radiante, descaradamente guapa y diferente; era otra.

A modo de despedida, le soltó:

—No te canses mucho que hoy te quiero ligerito en mi cama, como un tigre hambriento —y de sus ojos destellaron chispas como las de una joven hechicera.

Él se levantó, la miró y por primera vez ella lo desafió. Estaba avergonzado y no supo cómo reaccionar.

Después se acercó, la abrazó y le dijo al oído:

—Ten cuidado con lo que dices y con lo que deseas. Un tigre te puede matar.

Ella sonrió seductoramente al mismo tiempo que le tocaba la entrepierna. Él se apartó haciendo un movimiento, sacando el culo de forma cómica; le había dolido y ello no pasó desapercibido para sus santas y remilgadas hermanas.

Esa había sido la respuesta de una desconocida y temeraria Daniela. *Ahora me las vas a pagar todas juntas, cobrón*, sonó en su cabeza el pensamiento que retumbó en toda la estancia, pero a él ya no lo alcanzó la vibración, estaba caminando adolorido hacia la puerta.

LA DESPEDIDA

Esa mañana Daniela se sintió liberada y sin miedo, con un nuevo estado de ánimo. Los secretos revelados por su cuñada Juliana y su desahogo en la alcoba nupcial eran, sin duda, dos acontecimientos concatenados que terminaron de templar su carácter a sangre y fuego en una misma noche. Aguantó estoicamente de pie cuando Juliana puso al descubierto la trama y terminó por formar en su mente los perfiles con las prevenciones y debilidades de quienes la rodeaban, pero principalmente las de su marido. La intuición siempre había estado de su lado y las desavenencias futuras auguraban un tobogán torcido que desembocaría en estados a los que ella no quería regresar. Si tenía que defenderse y pelear, debería de escoger el terreno, el tiempo y la manera. Comenzaba a mapear la estrategia del juego en su mente.

La desastrosa noche anterior y lo ocurrido no saldría de su alcoba, pero estaba consciente de que había ridiculizado y herido en su orgullo a su marido. Le había ganado el coraje y tendría que ser más inteligente de ahora en adelante; ese fue el mensaje que recibió de su parte en el desayuno, mas no sintió remordimiento ni culpa.

Esto sin duda era un parteaguas en la relación: ella se había plantado segura y fuerte frente a él y por primera vez le había olido el miedo. Se propuso seriamente que de ahora en adelante ya no estaría sujeta a sus órdenes y mucho menos sería más su dueño.

Como no tocaron el tema del sepelio de Sabino, Daniela estaba decidida a asistir al panteón municipal para comparecer al entierro del cuerpo de quien alguna vez amó. Ese aire de importarle un carajo desde que se levantó de la cama no se le iba de la cara, además le urgía la necesidad de asegurarse de enterrar su pasado en aquel adiós fúnebre y averiguar algo más de su bebé, que, como un hilo invisible aferrado a su mano sudorosa, cada día se le escapaba como un globo que se eleva al cielo.

Tomó su desayuno en silencio, pues sus cuñadas le respetaron la actitud. Admiraron su valor y la observaron con fascinación y encanto. Muy en el fondo se alegraban por ella. Luego subió a bañarse, se puso ropa oscura y, cuando estaba rebuscando en el cajón de su cómoda, encontró papel y lápiz y decidió escribirle una carta de despedida a Sabino. *"Desahogarse siempre alivia el alma"*, recordó a su abuela con esta frase.

El aire de la mañana la despeinó y se veía hermosa siguiendo de lejos al cortejo fúnebre. Un aire acomedido la consolaba y le susurraba que tenía que ser fuerte. Se le arrugó el entrecejo para burlarse de él, de todo, de quien iba guardado en la carroza negra. La carta en la mano le significaba una espada afilada reluciendo al sol con la cual defenderse de lo que pudiera venir a continuación.

LA CARTA DEL ADIÓS

Quiero que sepas que el único recuerdo que tengo de ti es de tu espalda sin camisa, lo que me lleva a tu huida, a tu cobardía. Mejor así, no quiero verte la cara y tener presente tu traición.

¿Cuándo fue la última vez que tus manos acariciaron mi pelo? Ya no me acuerdo si me lo apartabas de la cara cuando te miraba a los ojos o si estos eran fríos y negros o claros y tibios. O si fue de día o si aprovechaste la noche cuando me abandonaste. Sólo recuerdo que llovía y mis lagrimas se confundieron con el agua clara del cielo. Pero hoy, haciendo un gran esfuerzo, veo tu mirada en la mía, en la antigua Daniela, la ilusa, la que envuelta en miedo rogó al cielo que se la llevara. Y mírate, a quien se llevó fue a ti, y créeme, nunca te lo deseé. Ya no me acuerdo de tu risa, ni de tu prisa por alcanzarme. Ni cuando tus dedos traviesos buscaban mi sujetador y soltabas mis senos como palomas en flor.

Pero descuida, anoche no fuiste tú quien yació conmigo, fue mi verdugo, el que me dejaste en tu lugar.

Llegado a este punto, me queda claro que mi duelo no ha finalizado y, aunque mi cama hace tiempo dejó de ser un agujero negro donde se me acababan los finales, me propuse que con cada despertar naciera una nueva

Daniela y vivir un día a la vez, cuidando que la marea del desconsuelo no me ahogase, a pesar de todo los estragos que me causaste.

Por eso me gusta madrugar, para despertar mi corazón y ganarle la partida a la vida, al mundo y a lo que me rodea.

El desconsuelo y el olvido es lo que te llevaste: no los quiero aquí conmigo de regreso. Que los entierren contigo y que encuentres el descanso eterno.

Cerró la carta sin firmarla, como cuidando su integridad, y la metió en un sobre para depositarla dentro del ataúd. Aunque para Daniela él había muerto hace más de cuatro años, cuidó de no reprocharle absolutamente nada sobre su bebé. Quería que este permaneciera en su pensamiento en el mundo de los vivos, no debía de perder la fe.

Fue una ceremonia en la que parecía que todos tenían prisa; el sol les cocía la cabeza y el lugar escogido para depositar el féretro estaba en una explanada muy alejada de los árboles. Aun así, Daniela, con su porte altivo, se acercó al padre de Sabino y lo abrazó. Con un audible susurro, le dijo:

—Lo acompaño en su dolor.

José, el caporal, la abrazó con fuerzas, como queriendo decir, "gracias por todo, a pesar de todo", y cuando la soltó, a su lado estaba una mujer enjuta y envejecida que la seguía con la mirada.

—Ella es Rosario, mi mujer —se la presentó y Daniela le tomó la mano reseca y sintió lástima por la vieja.

Rosario la miró y le dijo con una voz muy queda:

—Qué gusto ver que estas bien, hija. Yo conocí muy bien a tu abuela, que en paz descanse… Espero que nos perdones.

El silencio le contestó: Daniela ya no estaba para más lástimas.

Vio a su cuñada alejada, rumiando algún rezo, así que fue a su encuentro y le dio un abrazo de consuelo. Era la señal de que a ellos no les guardaba rencor, al contrario, les agradecía que hubieran estado ahí para ella y no el que estaba dentro del cajón. Ese no merecía que ella pronunciara su nombre.

Ya no le importaba si había sido víctima o cómplice, o las dos cosas.

LA NIÑA DE SUS OJOS

La naturaleza de la violencia en los hombres con poder, cuando quieren conseguir algo, suele ser muy callada: no expresan sus emociones, las ocultan tras una máscara, y así la frustración aumenta y se convierte en fantasías que algunas veces se hacen realidad.

Simón García entró en un periodo de hibernación, de silencios. Taciturno, se deslizaba como sombra por la hacienda. Daniela, inteligente, comenzó a rodearlo con sus hijos vestidos iguales, muy guapos los chiquillos. El mayor era copia fiel del padre, tanto en el físico como en el carácter y la forma de expresarse. El segundo, igualito a su madre, con una personalidad suave y detallista. A pesar de ello, el mayor, de seis años, cuidaba del menor, de cinco, y ambos se complementaban.

Daniela tuvo que comerse doble ración de realidad, ya que Simón no respondía a estos estímulos y eso significaba que ella podría estar en peligro. ¿Qué había provocado el desequilibrio en su esposo? ¿Sería que Daniela aún amaba el recuerdo de Sabino y su bebé extraviado, o que se daba cuenta que Daniela no lo amaba a pesar de todo lo que le había dado, o, en el peor de los casos, ambas cosas? Tenía que actuar, y rápido; no podía dejar volar su imaginación.

Esta suposición hizo que Daniela volviera a quedar embarazada.

Después de la humillación frente a sus hermanas, como en automático le bajó las revoluciones del sexo. Fue ella la que lo rescató del tedio y se le ofreció cual delicada flor al sol en cada amanecer. Le enseñó con calma y no con arrebatos a llegar juntos al clímax, arrancándole la pesadumbre. Lo bañaba, disfrutándolo antes de cada sesión de sexo, ya no sólo por las noches sino cada vez que sus miradas cómplices se cruzaban. Estaban madurando y llegando a la perfección en los placeres de disfrutarse, y él renació cuando le comunicó que estaba embarazada. Le regresó el destello a sus ojos negros, los del hacendado fuerte, los de un hombre macho con suficiente virilidad destinado a trasmitir sus genes a la siguiente generación, prolongando su decendencia en la tierra. En diciembre llegó a sus vidas una niña hermosa a la que llamaron Casandra, y en cuanto él la tuvo en sus brazos, se convirtió en la niña de sus ojos, la que le robó el corazón, la que, a su parecer, se parecía mucho a su madre.

La estrategia de Daniela fue efectiva. En lugar de ausentarse comúnmente con sus caporales asistiendo a exposiciones ganaderas y palenques, ahora cargaba con toda su familia, incluyendo a sus hermanas que fungían de nanas y no se atrevían a sacar un pie fuera de la hacienda, como peces que no pueden vivir fuera de la pecera. Y, por supuesto, la imprescindible nodriza que amamantaba a la pequeña heredera con los ojos marrones de la madre.

Comenzó un periodo de calma en sus almas, y el patrimonio fructificó y creció. Los padres se dedicaban a los negocios y los hijos al colegio. El Patriarca se enfocó en la tecnificación de los rastros para sacrificar las reses y Daniela en la optimización de las labores del obrador, y, más aún, en la especialización de los extractos de las sustancias, que ahora eran solicitados por la botica para su comercialización. Los hijos se matricularon en el Colegio Católico de las Hermanas de la Caridad, el mejor del estado, cuyo auspicio principal era la Hacienda la Estrella. Sólo quedó una mancha, un borrón en la mente de Daniela, el hijo cuyo nombre y paradero desconocido se comenzaban a difuminar en la imaginaria de sus recuerdos. En sus plegarias, le pedía al cielo que estuviera en buenas manos.

UNA FAMILIA COMPLETA

En la Hacienda la Estrella un nuevo aroma comenzó a impregnar el ambiente, mejorando sin duda la atmósfera. Los sobresaltos, los gritos y el miedo desaparecieron volando por las ventanas. La paz sólo se vio perturbada por la chiquilla Casandra, la niña consentida de papá, a quien él cuidaba y colmaba de besos y abrazos. Por ella se detenía el mundo y el hombre exteriorizaba el afecto que muy adentro tenía, sin temor a caer rendido ante su hija.

Casandra tenía los tres ingredientes que la hacían irresistible: hermosa, graciosa e inteligente, y parecía saberlo a pesar de su corta edad. La familia de Simón García estaba completa.

Luis Gabriel, el primogénito elegido como heredero desde pequeño, comenzó a cabalgar en su pony. Le gustaba andar entre los animales, impregnándose de los olores propios de todo lo que rodeaba al ganado. Todas las tardes, después de llegar del colegio, corriendo aventaba los útiles escolares y se lanzaba al rancho a ayudar a arriar vacas, asistir al prodigio del nacimiento de los becerros, herrarlos y mezclarse entre los vaqueros. Nunca se le separaba a su padre.

Luis Ángel sentía una pasión natural por el barro, jugaba a llenar los moldes de los ladrillos y aprovechaba para enjuagarse y retozar en el arroyo. Quería ir todos los días agarrado de la mano de su madre y las tardes se le pasaban volando. Le tomó cariño a la sencillez de las gentes que veneraban a su madre, y por ellos conoció a la abuela Trudis, la nunca olvidada.

Casandra, por el contrario, con su curiosidad, encajó perfectamente en el vivero. La chiquilla creció con una pregunta por planta, sustancia y efecto. Esto determinaría el futuro de los tres menores, ayudados en gran medida por sus tías, las que se convirtieron en sus institutrices, quienes llenaban su vacío con la vocación de compartir y enseñar.

En las tardes la convivencia se volvió reconfortante. Cada tía tenía a su sobrino consentido y se convirtieron en importantes guías para su aprendizaje y desarrollo, fortaleciéndolos en las materias del colegio y transfiriéndoles sus conocimientos y pasiones. Leandra, la mayor, se encargó de Luis Gabriel, el tozudo. Leónidas de Luis Ángel, el detallista. Y Leonor de Casandra, la curiosa. Las criaturas fueran enviadas del cielo para llenar sus vidas, encontrando en ello su razón de ser. Compartieron, guiaron y exploraron el universo, la vida en su conjunto y la manera en que la naturaleza hacía que todo funcionara en el mundo que habitaban.

Leandra les guio a través de la lectura de sus poetas españoles preferidos: Gustavo Adolfo Becker, Federico García Lorca y Antonio Machado. Los libros de Leandra eran su tesoro y sólo los abrió a la mente de sus queridos sobrinos. Ellos absorbieron la sensibilidad, la inquietud y el significado de la poesía que no se enseñaba en su primaria.

Leónidas, por su parte, les inculcó el hábito de la lectura de biografías de grandes hombres, desde Leonardo Da Vinci, Benjamín Franklin, Winston Churchill, Nelson Mandela,

Albert Einstein, hasta Víctor Hugo, Alejandro Dumas y Charles Dickens. Por muchas tardes, estas obras se convirtieron en el centro de sus discusiones, abriendo la perspectiva y fortaleciendo el carácter de los jóvenes.

Por último estaba la tía más extravagante, la menor, la más inquieta. Leonor, quien desafiaba todo lo que le rodeaba, creía en las matemáticas, la física y la química. Su habitación era su laboratorio. En él tenía su mesa de trabajo con tubos de ensayo, matraz, mecheros y un cilindro de gas. En el rincón opuesto de su cuarto otra mesa para diseccionar animales, aves y peces, equipada con su brillante juego de bisturís traídos de Inglaterra. Descubrir era su pasión y Marie Curie era su heroína polaca. Tenía absolutamente todo lo relacionado con ella y su legado: libros, fotografías, y una admiración profunda por quien, según creía, había muerto debido a la radiación a la que se expuso al descubrir los elementos químicos que la producían. Era caprichosa y se empeñaba en demostrar que dejar todo en manos de Dios no era lo más recomendable. Casandra inmediatamente se convirtió en su diamante a desarrollar.

Los varones completaron la primaria en orden de edad: primero Luis Gabriel y al año siguiente Luis Ángel. La pequeña Casandra, dos años más joven, se beneficiaba de lo que aprendía de sus dos hermanos. Con la secundaria llegó la adolescencia y uno a uno partieron hacia la capital para cursar el bachillerato. En esta etapa se confirmó lo que diez años atrás habían mostrado: sus inclinaciones y pasiones. Luis Gabriel se dedicó a la ganadería, especializándose en genética. Luis Ángel se sumergió en la construcción de materiales mientras que Casandra, la más inteligente, se enfocó en la química farmacobióloga.

Los flamantes padres, orgullosos, enterraron el hacha de la guerra y el pasado se quedó sólo en las fotografías de los eventos familiares, vestigios de una tradición familiar que maduraba, crecía y evolucionaba.

Durante ese mismo tiempo los negocios crecieron tanto en facturación como en alcance geográfico, generando utilidades como nunca en la historia de la familia del Patriarca. La engorda de ganado, así como la integración de los rastros industriales junto con el trasporte refrigerado, crearon una cadena de valor que permitía que la carne saliera de los establos directamente a los comercios. Esta ventaja competitiva permitía que se fueran cumpliendo los rigurosos estándares de calidad certificada y se ganara mercado de forma gradual.

La crianza de caballos más que un negocio nació del amor hacia los equinos por parte del Patriarca. Comenzó importando yeguas andaluzas para cruzarlas con la raza azteca, descubriendo un nicho de mercado premium muy rentable. Resultó ganador de exposiciones ganaderas en las diferentes partes del país. Toda esta febril actividad mantenía fuerte al patrón, enfocado en crear más que un negocio sostenido, una herencia para sus hijos.

Respetando su palabra, dejó que Daniela se quedara con los demás negocios. El obrador, que ahora no sólo hacía ladrillos sino también tejas y pisos rústicos, expandió sus ventas al ritmo del crecimiento de la población y de la modernidad. Pero lo que más creció fue lo que salía del vivero: los márgenes por las fórmulas convertidas en remedios efectivos multiplicaban las cuentas bancarias separadas que Daniela guardaba aparte del patrimonio familiar, como habían acordado con su marido. Ese fondo, en el futuro, serviría para colocar la primera piedra de una farmacia, creando un modelo de negocio innovador en esta región del país.

Todo comenzó a salir según los planes trazados para cada hijo. Cuando llegaron las graduaciones, se convirtieron en motivos de gran celebración. La hacienda se vestía de gala y cada uno de estos logros académicos era coronado con un largo viaje familiar. Reservaban un piso entero en los hoteles cinco estrellas donde se hospedaban, incluyendo a las tías, cada día más viejas y achacosas, pero orgullosas.

Aprovechaban cualquier excusa, como exposiciones ganaderas, ferias de viviendas y simposios de medicina, para reunirse y estar cerca, conociendo todo el país y algunas veces el extranjero. Si alguna vez Daniela había soñado con la felicidad, esta no se le parecía en nada. Ver a sus hijos crecer y alcanzar sus sueños era lo más valioso de todo su sacrificio y, con este pensamiento en mente, se descubrió sonriendo.

LAS TÍAS SE VAN

Daniela y Simón comenzaron a encanecer con dignidad y sin prisas. A medida que sus hijos varones se casaban y formaban alianzas con otros hacendados del norte del país para potenciar el capital y privilegiar el patrimonio, así también las tías empezaron a fallecer en el mismo orden en que habían nacido, y dejaron este mundo sin llegar a conocer a los nietos de la cuarta generación del Patriarca.

Leonarda cayó enferma de una dolencia en el pecho que al principio fue ignorada por ser la más achacosa de la tres, pensando que lo hacía para llamar la atención. Las esporádicas visitas de su querido sobrino Luis Gabriel le levantaban el ánimo al ver al joven guapo y educado que le recordaba a su padre cuando este era joven.

Una mañana fría de un domingo, Leonarda murió rodeada de su familia. Tras una celebración en la hacienda, esperó para morir abrazada de quienes tanto amó. Valiente, no derramó una sola lagrima, sólo pidió que le sostuvieran la mano.

Su transitar por la vida había llegado a su fin. El brillo en sus ojos por haber contribuido a formar hombres de bien le hinchó el pecho de orgullo, y a las diez de la mañana dejó de latir su viejo corazón. El cura ofició una misa y fue velada en el templo, como ella había pedido, siempre devota y temerosa de Dios. En la misma capilla un nicho resguardaría sus restos para la eternidad.

Leónides, postrada en un sillón reclinable por las varices de sus piernas hinchadas, pasaba sus días a oscuras, iluminada solamente por la luz del sol que se colaba entre las cortinas que cubrían la ventana. Una tarde se quedó muerta con los ojos abiertos, contemplando un enorme cuadro con la foto de sus padres. La tía Leónides, la más aprensiva, había sido amada profundamente por su bondadoso sobrino Luis Ángel, quien lloró su partida más que nadie.

Él se encargó personalmente de limpiar su recámara después de que la sacaron. Buscaba con esto evitarle alguna pena a su querida tía muerta, purificando la habitación y su memoria. Si ella lo hubiera visto, hubiera llorado de alegría y de orgullo de ver cómo logró transmitir la bondad en sus corazones; se hubiera dado por bien servida.

Igual que su hermana mayor, fue velada y sepultada en la parroquia de la Comarca y un segundo moño negro adornó la puerta de hierro de la hacienda, pues los decesos ocurrieron con menos de seis meses entre ellos.

Leonor, gracias al trabajo con su sobrina consentida en la farmacéutica, duró más tiempo, sintiéndose útil a pesar de su enfermedad. Confesó únicamente a Daniela y Casandra su dolor al orinar, y tras investigar descubrieron que sufría de insuficiencia renal aguda: los riñones encargados de filtrar los desechos y los excesos de líquido en la sangre, como dos focos, se prendían y se apagaban. A pesar de someterla a los tratamientos disponibles en aquel tiempo, no pudieron revertir el daño y el deterioro que presentaba su cuerpo. Las náuseas, el vómito, la falta de apetito, la fatiga que le oprimía el pecho y la hinchazón de los pies y tobillos precedieron a un infarto que, gracias a Dios, puso fin a su sufrimiento.

Casandra, al verla padecer, agradeció al cielo cuando su tía partió.

Leonor dejó en sus sobrinos el amor por las matemáticas, la capacidad de análisis y la agudeza mental para cuestionarlo todo. Fue la tía menos acercada a la iglesia, afirmaba no tener una opinión sobre la existencia de Dios, y aunque no creía en evidencias definitivas a favor o en contra, su herencia familiar prevaleció y fue sometida a confiar en que hay un solo Dios creador del universo. Ella fue enterrada en el mausoleo de la familia, en el panteón de la hacienda bajo los grandes eucaliptos, en la parte más alta de la planicie, como ella le confesó a Casandra que deseaba yacer, bajo una buena sombra y con una mejor vista.

Como recuerdo de las tres castas mujeres quedaron sus retratos pintados de cuerpo entero, altivas, mirando hacia el infinito, tal como sus padres les inculcaron. Los sobrinos honraron su memoria clausurando sus habitaciones para preservar sus intimidades, las prendas que las vistieron, los espejos que las habían visto con vida y los baños que las vieron desnudas.

Simón y Daniela no tuvieron objeción.

LOS HIJOS SE VAN

La hacienda comenzó a quedarse sola. Luis Gabriel fue el primero en emigrar hacia uno de los estados del norte del país, donde su esposa era heredera de un enorme criadero de ganado bovino en el Rancho las Glorias.

Al unirse con la Hacienda la Estrella, se convirtió en la más grande compañía ganadera del país. Gracias a la colindancia con Estados Unidos, Luis Gabriel trazó hábilmente la ruta de exportación a través de Texas, aprovechando las extensas tierras de pastizales que ahora administraba y que limitaban con ese estado fronterizo. Simón García había buscado la alianza con el hacendado norteño, un viejo conocido que vio con buenos ojos el plan trasado. Daniela, después de conocer a la futura nuera, estuvo de acuerdo.

Romina, una joven de mirada tierna y tendencia a engordar, lucía, bajo su vestido de novia, anchas caderas, un busto prominente y una figura voluptuosa, a pesar de la dieta restrictiva previa a la boda. Su tez blanca y los ojos claros, según su padre, mejorarían la raza, una expresión que reflejaba su visión de la vida centrada en la mejora genética. El Patriarca ironizaba que Romina, además de ser madre, tendría suficiente hasta para amamantar incluso a su esposo, lo que desagradaba a un serio Luis Gabriel, quien no apreciaba los comentarios mordaces de su padre.

Romina y Luis Gabriel tuvieron cuatro hijos, dos varones con una distancia de un año y dos nenas hermosas de piel color miel y ojos grandes de color marrón que vinieron a armonizar sus vidas. Los descendientes poco a poco se alejaban del color oscuro de su piel y Romina, generosa en amor, lo repartía a raudales. Luis Gabriel mostraba una expresión de satisfacción que sus padres notaron: todos habían ganado con la alianza. Los suegros, bonachones, estaban agradecidos por ganar un hijo trabajador, guapo y además inteligente.

Luis Gabriel visitaba a sus padres al menos cada tres meses, inmerso en la creación del plan de trabajo para expandirse fuera de las fronteras y conquistar el mercado estadounidense. Sabía que tenía la calidad y la cantidad para capturar un pequeño pedazo del pastel de un mercado atractivo que pagaba en dólares. Durante sus visitas, se quedaba el fin de semana para que sus padres gozaran de los nietos, coincidiendo también con sus hermanos en eventos para reconciliarse con la vida y la familia.

Luis Ángel terminó la carrera de ingeniero civil y se quedó a vivir en el centro del país. Abrió un despacho de ingeniería y se hizo cargo de los tres obradores convertidos en fábricas situadas en tres geografías estratégicas del occidente del país. Conoció a Carlota en una de sus giras por los estados donde se estaba expandiendo. Ella no sólo era hermosa, sino que había estudiado arquitectura y estaba ganando renombre en su campo. El Patriarca dio su bendición para esta unión, convencido de que la inteligencia recompensaría el tono moreno de su piel y su negro pelo lleno de risos ensortijados. Daniela rápidamente conectó con su nuera, era inteligente y se pasaban horas hablando de lo que les apasionaba, lo que llenaba de felicidad a Luis Ángel.

Los hijos llegaron y con cada embarazo Carlota se hacía más bella, llena de vida, dando a luz a cuatro hijos en años consecutivos. Las primeras en llegar fueron las niñas, con piel apiñonada y el pelo rizado, una tras otra, como gotas de agua, sonrientes y despreocupadas. Tras el nacimiento de la tercera, decidieron parar de buscar al varón que tanto les pedía el abuelo. Sin embargo, con la ayuda de Daniela y sus conocimientos, cuando menos lo esperaban Carlota quedó preñada y nueve meses después nació el niño anhelado, y Luis Ángel renació en él. Las miradas cómplices entre madre y suegra atestiguaban que aquellos métodos heredados de una abuela sabia funcionaban cuando más se necesitaban.

Carlota, deseosa de conocer los orígenes de Daniela y su linaje, forjó una alianza con su suegra, quizás porque la inteligencia atrae la inteligencia como un imán, o porque Luis Ángel siempre había sido el hijo predilecto de la madre, el más atento a los detalles, el que llegaba con rosas aunque no se celebrara nada sólo por ver sonreír a la madre y admirar su delicadeza.

Luis Ángel y Carlota formaron más que un matrimonio, juntos establecieron una gran empresa constructora con representación en más de una docena de estados, incluyendo despachos de ingenieros y fábricas de materiales para la construcción como cristal, aluminio y, por supuesto, hornos para ladrillos, pisos y tejas.

Casandra fue la única que se quedó en la parcela de dos hectáreas que ahora lucía un edificio moderno de seis pisos que antes fue la casa de su madre y, antes, de la abuela. Los tres primeros pisos eran laboratorios experimentales farmacéuticos, el cuarto nivel se dedicaba a la elaboración de empaque y el quinto a la producción de productos terminados, reservando el sexto como su pent-house personal. Desde que cursaba la carrera, durante sus vacaciones, a Casandra se le veía metida en el vivero y en las alacenas con sus largas batas blancas, gafas y cubrebocas. Su pasión por las fórmulas químicas y el descubrimiento de los efectos de las mezclas la llevó en inicio, junto con su madre, a crear nuevas recetas para la botica que siempre les había sido fiel comprándoles sus productos.

Recién graduada, Casandra dio vida al concepto de negocio que había concebido en su mente. Con el apoyo de su hermano, el ingeniero civil, y su cuñada, la arquitecta de la familia, quienes se habían estrenado con la construcción del edificio funcional y minimalista en el que habitaban, diseñaron los planos para el primer prototipo de farmacia. Luis Ángel y Carlota apoyaron siempre a la hermana menor por amor, por cercanía, por la frescura de sus ideas y planes. Aunque Romina y Luis Gabriel estaban lejos, también la cobijaban y la alentaban en su proyecto.

La felicidad de Daniela por fin se vio reconfortada. Casandra finalmente se comprometía con otro Luis, Luis Antonio, quien, a pesar de la desaprobación inicial del Patriarca debido a su calvicie prematura, conquistó el corazón de Daniela. Ella se empeñó en que su hija fuera feliz y libre de escoger con quien pasar su vida.

La boda fue la más sencilla de las tres, sólo la familia y algunos compañeros de la facultad de los novios. El Patriarca respetó la decisión de su hija y sólo pidió regalarles su viaje completo de luna de miel a Europa.

Luis Antonio, con su título en administración de empresas, rápidamente se convirtió en el complemento para Casandra, la científica de laboratorio. Tomó las riendas de la cadena de valor, desde la concepción y creación del medicamento hasta el empaque, la fijación de precios y la comercialización. Este esfuerzo conjunto dio lugar a más farmacias, replicando el éxito del primer prototipo, y expandiéndose a cada localidad donde Luis Ángel tenía operaciones. Rápidamente crecieron hasta convertirse en la tercera cadena más grande del occidente del país, con cincuenta establecimientos.

Todo iba vento en popa para la familia; todo había sido extensamente recompensado.

El nacimiento de los gemelitos, un varón y una princesa, culminó la felicidad de Casandra y de sus padres.

PRIMER INTERROGATORIO, 2008

"Brincándose las trancas" (un dicho muy regional de la Comarca) y la prohibición por parte de su jefe, el inspector Zaldívar se hizo presente en la Hacienda la Estrella. El rancho se extendía con varias casas, todas del mismo estilo mezclando lo rústico con lo moderno. Contó seis desde la entrada, cinco con las mismas dimensiones que custodiaban a la más grande, la casa principal que sobresalía en el centro, todas comunicadas por unos senderos vallados de verdes arbustos de medio metro de alto.

El camino de terracería por donde llegó siempre estuvo delimitado por una cerca de madera pintada de blanco que guiaba el recorrido hasta la verja de barrotes de acero de doble hoja que servía de entrada. En uno de sus pilares de más de tres metros de altura había un intercomunicador, y en el otro pilar, en lo alto, una cámara vigilaba atenta a los visitantes.

Tras anunciarse, el portón eléctrico se abrió lentamente para dejar pasar a su auto VW Corsar, modelo 1994, que resistía el paso del tiempo y el trato que le daban. Condujo lentamente, levantando una nube de polvo, y se estacionó bajo un enorme árbol sembrado en una cuadrada jardinera de ladrillo pintada de blanco. Después de bajarse, le llamó la atención la hilera de jardineras perfectamente alineada que servía de segundo cerco con frondosos árboles cuya variedad desconocía, sólo observó que alegremente mecía sus ramas el viento proveniente de las montañas que servían de fondo a la enorme hacienda.

La casa principal estaba construida con altas paredes a doble altura, de ladrillo color rojizo natural y techo de dos aguas, con tejas cuyo color ámbar combinaba con los ladrillos, sobresaliendo los pilares de madera natural que sostenían el techo. Toda la vivienda estaba dividida en sus costados por dos chimeneas de piedra gris que reflejaban buen gusto. La aldaba de la puerta de hierro fundido era la argolla que se desprendía del relieve de los ollares de la cara de un enorme toro.

Seguramente es la marca de la hacienda y también el símbolo ganadero de la familia. No había visto algo semejante antes, lo intimidó, especialmente tras hacerla sonar, pues le pareció que producía enérgicas campanadas llamando a misa en vez de toquidos.

Le abrió un sirviente que estaba mejor vestido que él. Se anunció y lo hicieron pasar a la sala de espera. Mientras esperaba, admiró la construcción: ladrillos revestidos de un esmalte que les confería brillo y conservaba su color rojizo natural, perfectamente alineados, rayando en la perfección. Unos castillos de madera combinaban con los pisos y techos de la misma madera curada de color natural, seguramente de fresno americano finamente pulida, todo a doble altura. Se le antojó excesivo, incluso para una familia numerosa.

Había un alto espejo a un lado de un perchero y se arregló el cabello, se quitó la añeja chamarra de piel de varias puestas y la colgó. Se dio cuenta que mejoraba la imagen que presentaba.

—Pinche chamarra —murmuró.

La viuda Daniela García apareció vestida pulcramente con un conjunto de falda y chaqueta gris oscuro, con un ligero toque de lápiz labial que indicaba que estaba saliendo del luto.

Le impactó el porte elegante e imaginó las formas bajo sus ropas, como cuando la vio en el entierro cubierta su cara con un velo negro. Sin duda era otra mujer la de hoy. La primera vez que la vio en el hospital estaba demacrada, ojerosa y cansada. La pena la estaba arrastrando como lo hacía con su convaleciente marido. Ahora parecía rejuvenecida, había dejado de cargar un pesado lastre que irremediablemente tuvo que cortar para no irse al fondo del abismo. Se sorprendió al alegrarse por ella, notando que no era tan mayor; quizás fueran de la misma edad, estaba dispuesto a apostarlo.

¿Tú qué opinas, Pareja?

El ente de su memoria no contestó. Seguramente no estaba para preguntas sin valor.

Tardó en levantarse de los cómodos sillones abotonados de piel que hacían juego con la estructura del salón. Le estrechó la mano al mismo tiempo que se presentaba.

—Agente Zaldívar, para servir a usted.

—¿Ya terminó? —le dijo directamente a la cara.

—¿Perdone?

—¿Ya terminó de… inspeccionarme?

El hombre se puso rojo como un tomate, pues lo habían descubierto. Estaba confundido porque todo el tiempo transcurrido para él había sido un instante, pero para la mujer parecía haber sido largo e incómodo.

—Le pido disculpas si le falté al respeto—. *Mal inicio, Pareja… empezar disculpándome. ¿Me estaré haciendo viejo, Pareja?*

La Pareja no le contestó, lo había dejado a su suerte.

—Siéntese, por favor —indicó la viuda, y él se tranquilizó porque creyó que no le había notado el lapsus de su cavilación.

—A sus órdenes.

Seria, puntual y al grano, como las gallinas, pensó y le gustó. Él jugaría de la misma manera.

—Señora García, estoy aquí sin la autorización de mis superiores, así que usted puede atenderme o despedirme —"rechazarme", estuvo a punto de decir y, aunque eran palabras sinónimas, esta última sin duda era más grosera y se alegró por no haberla dicho—. No vengo a interrogarla, sólo quiero que me ayude a entender algunos puntos para cerrar este asunto que debió de parecerle un calvario.

—No sabe de qué tamaño —le respondió—. ¿Tengo que elegir?

—Sí. Tiene que elegir si contestarme o…

—Contestarle… por mí está bien —respondió con el aplomo que da la seguridad de ser la dueña del suelo que pisas y de la casa que habitas.

Esto fue melodía para los oídos del agente, pues con esta respuesta se cuidaba las espaldas ante sus superiores. Si aquello era un juego de ajedrez, el tablero estaría cuesta arriba para el agente y él solo se había puesto en esa situación. O hacía algo para nivelarlo o en las siguientes dos, máximo tres, jugadas, lo acabaría. La pausa le ayudó cuando ella le preguntó:

—¿Le sirvo algo de beber?

—Sí. Agua —*tengo la garganta seca.*

La viuda llamó al sirviente y esperaron como dos adolescentes que no saben qué decir, hasta que llegó el bendito Damián con la jarra de agua. *¿Le ha llamado "Damián"? Carajo, algo me está pasando*, se recriminó a sí mismo. Planteó su ofensiva: *Chingue a su madre, todo o nada.*

Regresó el Zaldívar que le gustaba, el brillante, el inteligente, el audaz, pensaba mientras le servía. Le dio un sorbo grande al vaso, preparando la manera de expresarse.

—¿Sabía usted que su abuela trajo al mundo a mi hermana mayor? —soltó la pregunta con la clara intención de romper el muro infranqueable que protegía a la viuda, esperando que le ayudara a abrir su caparazón y socializar; al final ese era su objetivo, camuflajear un interrogatorio—. ¿Cómo se llamaba? —*dos preguntas en una, no, tres en una.* Ella no le contestó, fue evidente el golpe emocional—. ¿No guarda usted una foto de ella?

—Mi abuela Trudis jamás se retrató, era supersticiosa, lo traía de herencia. Decía que una foto capturaba una parte del alma y estas no pueden quedarse atrás, atrapadas —respondió con la mirada fija en alguna parte del techo. Con una sola respuesta había contestado las tres preguntas.

Espera, no contestó la primera, se dijo.

—Mi abuela, para cuando yo tuve consciencia, llevaba más de una treintena de niños traídos por sus manos a este mundo, así que sí, pudo haber sido mi abuela —cerró.

—¿Y usted?

—¿Yo qué?

—¿Es supersticiosa?

—No. Yo sí tengo fotografías. Espere —se levantó y salió a buscar algo.

Había emparejado la partida y se sintió como en la sala de su casa, se llenó de nuevo el vaso y literalmente se apuró el vital líquido, escuchando cómo pasaba por su garganta hasta caerle de lleno en el estómago. Se sintió renovado y sonrió.

Cuando regresó, venía acompañada de Damián, quien cargaba tres grandes álbumes fotográficos.

—¿Tiene tiempo? —preguntó la viuda.

Volvió a sonar la misma melodía anterior en su cabeza.

—Todo el que usted me quiera regalar —contestó sin pensar. *Ves, Pareja, ¿cómo enderezamos el tablero del juego?*

—¿Dijo algo?

—No, disculpe —se inclinó echando el cuerpo hacia adelante como una clara invitación a que le pusieran los álbumes en la mesa de madera.

La viuda vio la respuesta del cuerpo del agente y por primera vez dejó entrever una sonrisa tímida, dejando al descubierto los hoyuelos de sus mejillas, pues le había divertido ver cómo el hombre se preparaba, como para comer un buen festín. Él la vio y creyó percibir un ligero fulgor en su cara que la hacía lucir esplendorosa, hermosa e inalcanzable como una estrella, y bajó la mirada para no delatarse.

Demasiado tarde, carajo, pensó.

—Damián, tráiganos… ¿quiere café o té?

Él se sorprendió

—Agua, sólo agua —*no vaya a ser… que el agua esté….* Su pareja ahora acudió en su rescate y contestó por él—. Café. Mejor café, gracias.

El pobre Damián, que estaba saliendo de la sala, se regresó porque le habían enseñado que era una falta de respeto que cuando le hablaran estuviera dando la espalda.

Los tres tomos aguardaban en reposo en la mesa de centro. Esperaban a Damián, el café era el combustible para empezar a hurgar en la vida de la familia. Otra vez un silencio se acomodó con ellos en los amplios sillones, pero esta vez lo disfrutó. Zaldívar se sorprendió rompiendo los protocolos, pero confiaba en su experiencia y no consultó a su Pareja.

—Ejem, señora García, déjeme decirle algo antes de…

—Daniela —cortó—. Llámeme Daniela.

El agente sonrió y supo que definitivamente había nivelado la partida.

—¿Qué me iba decir? —lo tomó desprevenido y ya no estaba seguro si lo que le pensaba compartir sería una buena idea, aun así se lanzó del trampolín hacia el vacío.

—Quiero decirle que revisé la historia familiar de los últimos cincuenta años y… —se sorprendió al oírse hablar de "la historia familiar".

—Está bien, somos un conglomerado de empresas familiares que están abiertas a cualquier escrutinio público —contestó sin color en sus palabras.

—Entré en los detalles de todos los miembros de la familia y los negocios —aclaró.

—No tengo ningún inconveniente —volvió a contestar escuetamente.

Las respuestas no olían a nostalgia a pesar de que recientemente habían sepultado al Patriarca, su esposo y cabeza de la poderosa familia. El agente se dio cuenta de que las preocupaciones se le reflejaban en la cara y se recompuso.

—Sólo quiero ser honesto con usted, Daniela.

Ella ya no le contestó ni con la mirada.

Por fin regresó el bendito Damián y dejó una jarra con dos tazas de porcelana blanca con bordes dorados y dos platos pequeños pertenecientes a un mismo juego de vajilla.

—¿Cómo lo toma?

Daniela había tomado la jarra para verter el líquido que inundó de un agradable aroma la estancia.

—Solo, sin azúcar.

Ella volvió a sonreír y pudo ver lo que provocaba en el semblante del agente, la mueca y la expresión de sus ojos marrones.

—Bueno —dijo ella, tomando el volumen de arriba—, si ya está familiarizado con la historia de la familia, le será más fácil guiarse.

El agente observó que, en los lomos de los libros, cada uno estaba marcado con números romanos: XL, L y LX. Al tenerlos frente a él y abrir el volumen LX que ella le había entregado, descubrió en el reverso de la portada una frase escrita con elegante caligrafía, probablemente trazada con pluma fuente, que rezaba como título:

El pasado nunca muere

—Qué belleza de escritura —comentó—. ¿La escribió usted? —y esperó la respuesta que llegó en modo de pregunta.

—Tengo dos hijos ingenieros y una hija química, ¿usted de quién cree que es la letra?

—De ninguno —respondió sin vacilar. Acertó cuando ella cohibida se dio cuenta que la había descubierto.

Zaldívar quedó asombrado por lo ordenado de las fotografías, protegidas con plástico transparente que las adhería al fondo blanco de la página. Todas estaban alineadas en orden cronológico. Hojeó con calma las páginas, con la confianza que infunde el café, pero más enfocado, buscando indicios en los detalles. Le preguntó a su ente imaginario, *¿Tú qué crees, Pareja? ¿Que la viuda nos está guiando intencionadamente por los acontecimientos más importantes de su familia de adelante hacia atrás? Quiere que descubramos algo y quiere que nosotros saquemos las conclusiones.*

¿Nosotros?, fue la respuesta en su cabeza.

Aun así, comenzó con preguntas de nivel uno: los nombres, los lugares. Después subió al nivel dos: qué celebraban, a qué correspondían los eventos, las fechas. Seguidamente subió al nivel tres: de quién había sido la idea del evento de la foto en cuestión, qué querían expresar, qué querían capturar. Como un cazador sigiloso, no quería alertar a la liebre.

Daniela complementaba sin vacilar, sin adornar las palabras y en ocasiones lo hacía con monosílabos.

De este tomo le llamó fuertemente la atención una fotografía. Era una imagen que ocupaba toda la página, mostrando a la familia montada a caballo, todos escoltaban a Casandra, cuya melena castaña ondeaba al viento, en el centro. Destacaba sobre un caballo negro azabache, vestida con elegancia en tonos oscuros y portando la bandera de México que descansaba en su costado, incrustada en la portabandera de piel que le cruzaba el pecho. A su derecha Luis Gabriel, y a su izquierda, Luis Ángel, ambos ataviados con trajes de charro en tonos café, adornados con ante y lentejuelas doradas, coronados por sombreros redondos. Entre ellos, a la izquierda, la madre, distinguida por su peinado realzado con un moño que ostentaba los colores de la patria y un vestido azul marino. A la derecha, en contraste, el padre, sin sombrero y con una postura descompuesta, mostraba un gesto de dolor que no pasó desapercibido para el agente. A pesar de ello, su elegancia era innegable, vestido con un traje de charro negro con lentejuelas plateadas, montando un imponente alazán pura sangre que destacaba entre todos los equinos.

Al observar que se entretuvo de más en esta foto, Daniela le comentó:

—Fue cuando la escaramuza de nuestra cuadra ganó en las fiestas de San Marcos. Toda la raza es de caballos aztecas criados en nuestra hacienda. El que monta mi esposo es el garañón de la camada—. Sin que le preguntara, ella mencionó—: Aquí comenzó a deteriorase la salud de mi esposo.

Él cayó en la cuenta de que ella lo había guiado hasta desembocarlo en el instante que fijó la fotografía, pero fue él quien quiso llegar ahí y ambos creían ser dueños de sus conclusiones.

La tarde se encapotó presagiando lluvia y la luz del gran ventanal les avisó que había llegado el final de la primera batalla. Acomedido, Zaldívar cerró de modo cortés el álbum y se levantó, excusándose de tener que ir a otros asuntos. Daniela sonrió sabiendo que era mentira y que estaba siendo sutil, y lo que le dijo lo dejó desarmado.

—¿Lo espero mañana?

Creyó que ya la tenía.

—Ha dejado usted inconclusa la tarea que lo trajo hasta aquí —con la mano le señaló los volúmenes—. Sólo se internó en uno y aún hay más.

El agente sonrío a su buena suerte y a su anfitriona, poniéndose la chamarra de piel desgastada, pues, sin una orden, no podía interrogarla a menos que ella lo quisiera y eso estaba precisamente haciendo, abriéndole la puerta principal.

—Por supuesto, aquí estaré —no demoró en su respuesta, no fuera ser que se arrepintiera en los segundos que duró la frase en el aire, sostenida por su deseo—. Si usted invita… que quede asentado en el acta. Yo traigo el pan y usted el chocolate. ¿Quedamos a la misma hora?

Ella, con la sonrisa y con la inclinación de cabeza, le dio el sí.

Antes de cerrar la puerta, él se giró y sorprendió a Daniela, que lo escoltaba a la salida al tomarle la mano al momento que le decía:

—Gracias por ser tan amable —y *sensible*, pensó, pero esta última palabra no salió de su boca, pues quizás estropearía la segunda partida que tenía ya asegurada.

Daniela se quedó mirando la espalda y la nuca del hombre, quería que supiera que ella también estaba hurgando en su alma.

El inspector caminó al auto, no terminaba de convencerse de qué color era el aura de la viuda. Había algo enigmático en ella. *Lo descubriremos, Pareja.*

Él solito se contestó: *Lo descubriéremos.*

SEGUNDO INTERROGATORIO

El agente Zaldívar llegó puntual a la misma hora del día anterior; su reloj marcaba las cuatro de la tarde. Frente al portón, y justo cuando estaba a punto de pulsar el botón del intercomunicador, se activó el motor y las pesadas hojas de la puerta se abrieron, para que pudiera entrar, mientras emitían un chirrido familiar. *Necesitan una buena engrasada*, pensó.

Ahora sí contó la hilera de árboles que servían de muro franqueando la entrada a la casa principal. Doce en total, seis de cada lado, todos plantados dentro de unas blancas jardineras cuadradas, asimétricamente elevadas a aproximadamente medio metro del suelo.

Aquello no tenía sentido para él, algo que incluso un neófito en la materia, como él, podía confirmar: los condenados arboles frondosos eran bastante grandes y añejos, la altura se lo confirmaba, *¿para qué las jardineras?*, se preguntó.

La puerta principal estaba abierta, extendiendo una clara invitación a entrar en la casa. Aun así, acarició el emblema de la familia, la argolla que sobresalía del relieve de la cabeza de un toro, pero esta vez no la hizo sonar.

Damián lo esperaba pulcramente vestido con un uniforme igual al del día anterior, incluyendo su rostro serio.

—Me pidió la señora de la casa que le espere en la sala —dijo Damián, y a continuación lo escoltó hasta allí, asegurándose de que se pusiera cómodo.

El agente vestía de manera casual esta vez, con unos jeans de mezclilla azul descolorida por las varias puestas, zapatillas deportivas y una camisa de manga corta con puntos blancos sobre un intenso azul marino. El color cobrizo de su piel, tostada por el sol y los años, hacía juego con su rostro afilado y su pelo liso castaño peinado hacia un lado. Antes de sentarse se miró al espejo de cuerpo completo y sonrió. *Buena elección, Pareja, buena elección. Me veo más juvenil que otoñal.*

Tras meditarlo, su rostro cambió. ¿No será una falta de respeto enseñar mis brazos cubiertos de vello? *Vaya pues, Pareja, que hoy mi plática vaya de acuerdo con mi atuendo… casual.* Y volvió a sonreír, aunque últimamente su Pareja no le respondía nimiedades.

Sobre la mesa reposaban los tres álbumes, enseñando sobre sus lomos negros los números romanos que marcaban los periodos en el tiempo: LX, L y XL, este último descuadrado, pues había sido consultado el día anterior.

Acomodó sobre la mesa de centro una pequeña caja blanca cuya tapa de plástico dejaba ver en el interior las diferentes piezas de pan previamente escogidas. La sombra de Damián le llamó la atención, lo volteó a ver y le sonrió por amabilidad, pero este permaneció inmutable.

Lo mandaron a vigilarme. ¿Cómo ves, Pareja?, pensó.

Tan sumido en sus cavilaciones estaba que no la vio llegar. A diferencia del día anterior, cuando cada uno de sus pasos resonaba con un golpe en el piso, esta vez pareció llegar flotando.

Compareció más hermosa que el día anterior, vestida como un jockey recién bajado del caballo, con pantalones blancos ajustados a sus piernas largas, una polo azul de cuello alto y su cabellera recogida con cintas azules y blancas que resaltaban la esbeltez de su figura. Sus botas de tacón bajo de piel café parecían deslizarse más que andar.

—Buenas tardes —dijo él, poniéndose de pie y estirando el brazo para saludarla de mano, deseoso de sentir su aura.

—Buenos tardes, inspector. ¿Cómo está? —respondió ella, ofreciéndole sin miedo la mano, la misma que encontró cálida y bien cuidada—. Siéntese, por favor.

Pero él se inclinó hacia la caja blanca y la tomó, diciendo al mismo tiempo:

—Lo prometido es deuda, aquí está el pan.

Consiguió arrancarle una sonrisa; quería ver de nuevo los hoyuelos en sus mejillas que la hacían parecer adolescente, y la acompañó con la mirada hasta que ella recibió la caja.

—Usted se toma muy en serio lo que promete.

—Siempre —contestó, sin saber si era una pregunta o un cumplido—. Aunque se trate de unas pequeñas piezas de pan —cerró con una ligera sonrisa.

Damián las tomo de la mano de Daniela y se las llevó a la cocina.

Seguramente las pasarán por rayos ultravioleta para descartar que estén contaminadas, pensó, pero luego recapacitó, pues le estaba dando demasiada importancia a su imaginación. Seguramente su Pareja lo reprendería, diciendo: *No seas güey... ubícate en donde y con quien estás*. Luego habló para romper el silencio que provoca desosiego:

—¿Por qué los doce árboles que franquean la entrada de la casa están plantados sobre unas jardineras de medio metro de alto? ¿Qué variedad son? —Le gustaba soltar varias preguntas en batería a la vez para darse tiempo de pensar y preparar las siguientes.

—Son ahuehuetes. Es un árbol cuyas raíces se expanden tanto que llegan a quebrar las superficies, así sean de concreto. Las jardineras lo evitan.

—¿Tiene predilección por estos árboles?

—Bueno, aparte de lo majestuosos y longevos que son, oxigenan el entorno, dan sombra a la casa y mi abuela me enseñó que la resina sirve para aliviar una gran variedad de afecciones: cura las heridas en la piel, ulceras, dolor de muelas, dolor de cabeza, reumas y la infusión de su cáscara es diurética. Es un árbol que nació con nosotros, pero hay que saber preparar la *bendita* resina para cada caso.

—¿Nació con ustedes?

—Sí. Primero con mi bisabuela, después mi abuela, y yo no puedo más que rendirles tributo al acercarlos a mi hogar.

—¡Guau! Es usted una gran conocedora —intentó alabarla, pero ella fue inmune al elogio—. Daniela, dígame algo, ¿qué tenía el café que me dio ayer? —preguntó, creyendo que la iba a sorprender, y ella sonrió.

—¿Por qué?, ¿le causo algún malestar?

—No, simplemente he tomado café toda mi vida y el de ayer era distinto.

—Mi hijo mayor estuvo en Indonesia y de allá lo trajo. Es café de civeta. El inspector quedó con cara de interrogación. Al verlo, ella continuó para sacarlo de las dudas—: La variedad se llama "kopi luwak". Son granos recogidos después de ser ingeridos por esta especie de felino llamado civeta y que pasan por su tracto intestinal y son expulsados entre sus heces—. La cara del inspector seguía como signo de interrogación, o de admiración, y su cara pasó del asombro al asco. Ella continuó sin prestarle atención a sus gestos—. Sé lo que está pensando, pero se lava y después se tuesta.

El ya no comentó y se quedó en pausa. Aun así, su Pareja preguntó intrigado:

—¿Un felino?

—Sí, es una especie de gato de monte. Es el café más caro del mundo —dijo ella sacándolo de su estupor.

—¡Ah! Gracias por la lección. Yo prefiero el chocolate mexicano… —comenzó a decir y ella lo calmó.

—El chocolate es de cacao mexicano, también es el mejor del mundo —y sonrió.

Había algo enigmático en Daniela el día de hoy, pero no lograba descifrarlo. *Ya lo haremos, Pareja, ya lo haremos*, invocó la ayuda de su ente sin necesidad de evidenciar que lo necesitaba. Tampoco con él quería verse débil.

—Daniela —dijo, tomando el tomo que habían dejado inconcluso—, ¿por qué dice la escritura al reverso de la tapa, "el pasado nunca muere"? ¿Qué quiso decir? Porque usted lo escribió, ¿no?

—¿Y no es cierto?

—¿No es cierto qué?

—Que el pasado nunca muere —ella, resuelta, le contestó mirándolo fijamente a la cara—. Estamos entrando en una discusión complicada y no sé si usted está preparado para tenerla.

¡Ajá! Lo había mordido en el amor propio.

—Es una cita de un escritor americano llamado Faulkner —contestó sintiéndose excelso.

—"El pasado no está muerto. Ni siquiera es pasado" —lo complementó ella de memoria, tal cual lo estuviera leyendo del libro.

Estaban en la misma sintonía. *Pero aún no ha contestado la pregunta*, pensó el agente pasando los dedos por la caligrafía.

—Las fotografías capturan los instantes y cuando los admiramos, como estamos haciendo ahora, les damos vida. Por eso el pasado no está muerto. Un minuto que pasa, minuto que muere; si no fuera así, todo estaría estático. Perece una contradicción, pero no lo es. A esto me refiero —cerró.

El agente admiró a su oponente. Su nivel intelectual era notablemente elevado y recordó que jugaba una partida de ajedrez. Sin embargo, también se sorprendió de su propia habilidad, pues hasta ese momento había logrado abrir el cerrado caparazón de Daniela para admirar la hermosa perla que llevaba en su interior. ¿O había sido Daniela quien lo había permitido?

Cayó en una confusión que supo disimular.

Volvió a abrir el álbum y encontró en el resto de las imágenes captadas por la lente de una cámara automática la ausencia del Patriarca. Ese detalle no pasó desapercibido. Las fotografías reflejaban más libertad, menos tensión, menos severidad, eran más espontáneas y, por eso, mostraban más sonrisas, inclusos llantos de bebés en brazos celebrando la vida. Hubiera deseado escuchar los sonidos que habían quedado ahogados en las postales.

—Veo que están más relajados —se atrevió a decir.

—Es correcta su apreciación —Daniela contestó sin vacilación, sin esconder nada—. Cuando llegan los hijos de los hijos, todo es felicidad. La felicidad trae consigo muchas cosas, entre ellas la calma, el gozo, la dicha, todas esas pequeñas cosas que son lo contrario a las tensiones, a los miedos, a la incertidumbre.

—Tengo la ligera percepción que esta etapa ha sido la que usted más ha disfrutado—. Dejó la pregunta en el aire.

—¿Usted es abuelo?

—Por desgracia no.

—Entonces no podría entender los puntos cruciales en los que uno se redime con los nietos por lo que no se alcanzó con los hijos —su mirada estaba clavada en la pared de la amplia sala.

Fue hasta el final que encontró una foto del Patriarca montado en un caballo alazán de fina estampa. La postura indicaba que lo habían ayudado a subir, pues el peso del cuerpo hacía que se encorvara hacia adelante; sus manos estaban fuertemente apoyadas en el pomo de la silla de montar, como palancas, y las riendas del caballo servían como pulseras para evitar venirse de frente hacia las crines del cuello del caballo.

Daniela se le adelantó a la pregunta.

—Fue la última vez que montó a caballo. Nunca aceptó verse postrado, y menos que lo retrataran.

—¿Por qué esta de costado? ¿Por qué esconde la otra mitad de su cuerpo? —*Sin duda es la pregunta más incomoda*, pensó el agente.

Ella lo ignoró.

—Mi marido les pedía a sus caporales de más confianza que lo llevaran frente al espejo sólo para preguntarse a voz de cuello: "¿Quién es ese anciano inválido?" Pero el espejo no le podía contestar, y menos sus hombres. Cambió la silla de montar por la silla de ruedas. ¿Ahora sí ya entendió por qué está en la foto retratado de costado? —Cerró el álbum un poco avergonzado y ella lo notó—. No se preocupe. Él, al final, dejó de manejar la hacienda y fue mi hijo Luis Gabriel quien ocupó su lugar. Esto fue quizás más duro para él que la invalidez.

En seguida Zaldívar tomo el álbum con el lomo de la letra L, el número cincuenta.

Daniela lo interrogó:

—¿Ya le sirvo el chocolate?

—Estaría bien —*necesitamos algo dulce que nos alegre el cuerpo. Estas impresiones nos han dejado un mal sabor de boca*, pensó.

Damián, el sirviente guardián, llegó con unos jarros rojizos de buen tamaño coloreados a mano con paisajes de la hacienda. Un olor agradable inundó la estancia.

Ella se sentó y hasta ahora Zaldívar notó que todo el tiempo había estado parada a su costado, estudiándolo a más de un metro de altura. Se recriminó el cómo había dejado escapar ese pequeño detalle.

Se deleitaron con el chocolate caliente, pero ninguno se decidía a tomar una de las cuatro piezas de pan servidas en un plato de la misma vajilla de los jarros hasta que ella le preguntó:

—¿No va a probar el pan que trajo?

Él, sin preparar la respuesta, contestó a botepronto.

—Me da pena que me vea comer, siempre termino esparciendo migajas por todos lados.

—Damián, traiga por favor dos platitos.

Siguieron sorbiendo la bebida que los ponía de buen humor.

—Le confieso algo —dijo Zaldívar—, tomar chocolate me recuerda a mi niñez.

Ella sonrió, en eso estaban de acuerdo.

—El sabor se queda almacenado en nuestras papilas gustativas y cuando se vuelve a saborear activa las neuronas en nuestros cerebros. El olor, por el contrario, entra por nuestras fosas nasales, pero es el sabor el que activa esa función que usted acaba de expresar. Quiere decir que usted se trasporta al recuerdo de un lugar, no de una situación.

Zaldívar quedó desarmado, pues estaba sentado en la cocina de su madre disfrutando de ese aroma de su infancia, o de su sabor, *qué más da*, pensó.

—¡Está espectacular el chocolate! —expresó en agradecimiento—. Tiene usted razón.

Llegó Damián y, con un platito cada uno, se dispusieron a tomar una concha. Curiosamente, ambos la mojaban en la taza y después se la llevaban a la boca. Se descubrieron, movieron la cabeza, y sonrieron.

Eso se llama conexión, Pareja, conexión. Aprende.

Acabaron en sincronía y no les importó dejar residuos desperdigados en el plato y en la mesa, pues con cada mordisco salían volando migajas. No sintieron pena; prueba superada.

Damián, solícito con una franela en la mano, recogió todo y volvió a dejar pulcra la mesa de centro. La tensión que había entre ellos se había extinguido.

—¿Seguimos con la tarea? —apuró ella.

Se refería al chocolate, y se volvieron a servir en los jarros folclóricos mientras reían.

—¿Puedo? —dijo Zaldívar mientras señalaba al segundo álbum en de la letra L.

—Por favor, cuando usted quiera.

Lo abrió y descubrió que, al igual que el anterior, en la parte interna de la tapa, con la misma caligrafía y con la misma pluma, estaba escrita una frase.

El dolor nunca desaparece

Retomaron el orden cronológico de las fotografías como marcas en una cadena de señales que Daniela quería que el inspector, siempre atento a los detalles, observara. Se habían convertido nuevamente en contrincantes que, sin darse cuenta, se cubrían las espaldas disfrutando de la actividad y de la cercanía.

Daniela, más relajada, era una mujer que imponía, pero el inspector Zaldívar logró descifrarla. Ambos convirtieron el encuentro en un ejercicio de memoria y un recorrido gráfico por la vida familiar. Sin embargo, fue ella quien lo guio por donde quiso con el álbum como respaldo de lo que le contaba.

—La diabetes tipo dos lo sorprendió cuando menos lo esperaba —comentó ella.

—¿Lo sorprendió?

—Sí. Era un hombre que cuidaba en exceso su salud, fuerte como un roble. Siempre dijo que quería vivir cien años, como su abuelo.

—¿Cuándo le vino la diabetes?

—Cuando nacieron los hijos de Casandra, un par de angelitos que hablan por los ojos —dijo señalando las fotografías de dos bebés enrollados en cobijas de lana, una de color azul y otra de color rosa.

—¿Cien años son muchos?

—Demasiados…

—¿O sea que la diabetes llegó cuando ustedes se habían quedado solos? —la pregunta llevaba cierto tufo a rancio que ella olió de inmediato, descubriendo hacia dónde iba el agente.

—Sí.

¿O sea cuando no había nadie cerca del Patriarca y él estaba a tu merced, sin testigos?, preguntó a su Pareja.

Su pareja asintió.

—¿Cómo llegó la diabetes? ¿Cómo le afectó? ¿A cuáles órganos afectó primero? —No podía contra aquel viejo hábito de hacer varias preguntas a la vez.

Daniela, siempre estructurada, contestó:

—Fueron tres etapas. Le sobrevino tras un susto. Había ido a una reunión al norte del país con la unión ganadera nacional y se encontró con alguien de su pasado que le desencadenó una serie de tormentos, provocándole fiebres, dolor de cabeza y escalofríos. En la segunda etapa, ya con la enfermedad, la insulina era insuficiente. Perdió las fuerzas, las ganas de comer, y adelgazó de una manera extrema. Sus piernas no lo podían sostener y quedó prostrado en la cama la mayor parte del día. La tercera etapa fue la más dura de todas. Una pierna tuvo que ser amputada por una infección menor en el dedo gordo del pie que se agudizó, sumado a una caída del caballo. Se le coaguló la sangre y la amputación fue necesaria para salvarle la vida. Lo último que la diabetes le quitó fue la vista, y fue cuando se murió en vida. Tuve que esconderle todas sus armas, quería pegarse un tiro.

Cuando narraba estos acontecimientos, Daniela revivía la escena real, pero su postura corporal no evidenciaba que esto la venciera. Seguía erguida. El viento de la narración, en lugar de desequilibrarla, la hacía más fuerte. El agente lo notó, y ella también.

—¿Usted no lo dejó?

—No.

—¿Por qué no?

—¿Por qué sí?

—Bueno, supongo que es un tema moral. ¿Lo vieron los especialistas?

—De todo el país y hasta de la Unión Americana.

—¿Y?

—No supieron qué lo desencadenó ni qué provocó de forma progresiva el deterioro de su salud.

—¿Cuantos años duro así?

—Ocho años.

—Fue duro para usted y su familia, supongo… y perdón por esta afirmación.

—Sí. El orgullo herido de un hombre como mi esposo es de lo más corrosivo, y terminó envenenando el aire que respirábamos —luego hizo una pausa, algo en su interior, como una punzada, le quitó el aliento—. Bueno, inspector, ya es hora de que se marche —diciendo esto se recompuso y le regresó el color a la piel.

En ese momento se dio cuenta que Damián había encendido la luz de una lámpara de latón con una bola de alabastro que inundaba todos los rincones de un blanco pálido. Afuera ya había oscurecido.

Cuando se levantó, el inspector Zaldívar la miró directamente a la cara.

—Gracias, Daniela—volvió a tomar su mano más tiempo del necesario—. Gracias por abrirme las puertas de su familia.

—No tienes nada que agradecerme —lo trató de tú.

Se activó un destello fugaz que estaba esperando y la pregunta que le escocia por dentro vino como un vómito.

—¿Podemos ver el último tomo mañana?

—Mañana no puedo, salgo de viaje. Pero la siguiente semana yo le mando avisar qué día.

Se entristeció, pues la trama de la historia estaba caliente y no quería que se enfriara. Pero la mujer imponía sus reglas.

Daniela lo acompañó a la puerta, lo siguió hasta su auto y cuando arrancó se dio cuenta que sólo tenía un faro bueno. El otro estaba fundido, ciego. Pensó, *su carro, su retrato*. La próxima semana lo comprobaría.

Damián cerró la puerta, ahuyentado la oscuridad. Afuera el viento batía las ramas de los ahuehuetes, insuflándoles vida.

LA LLAMADA
DEL HIJO AUSENTE

E l lunes, en la agencia federal de delitos graves, todo era ajetreo. Era el día de presentar los reportes de las actividades de la semana anterior.

Desde muy temprano el agente Zaldívar había sido llamado por su jefe a la oficina. Sólo al entrar supo que tendría bronca. Su jefe ni los buenos días le dio, pues se le fue directamente a la yugular.

—¿Cómo te atreviste a ir a la Hacienda la Estrella? Y no una sola vez, sino que dos veces interrogaste a la viuda. ¿Quién te autorizó semejante aberración, *agente Zaldívar*?

—Bruno, ¿ya desayunaste?

—¿Eso qué tiene qué ver con mi pregunta, *agente Zaldívar*?

Cuando su jefe lo quería denostar, le llamaba por el puesto para ubicar que él, su jefe, estaba en lo alto de la jerarquía. En cambio Zaldívar, cuando lo enfrentaba, le llamaba descaradamente por su nombre para desnudar que era un *agente* que había llegado por influencias al puesto y no por méritos. Ya quisiera tener al menos un décima parte de la experiencia del *inspector*, pues él había nacido con la agencia antes de que el pendejo que tenía enfrente viniera al mundo.

—Te puede dar una úlcera. Pero, si te da, ¿sabías que la savia del ahuehuete te la puede curar?

—¡Déjate de estupideces y contéstame la pregunta!

—Fui invitado generosamente por la señora García. ¿Quieres verificarlo? Llámale —lo reto sin dejar de mirarle directamente.

Y lo desarmó con esto.

¿Ves, Pareja? Esta nueva generación de agentes no piensa. Se dejan manejar por el enojo y la crisis que eso conlleva. Temen perder algo que no tienen. Sólo disparan a lo pendejo.

—¿Qué dijiste?

—No he dicho nada.

—¿Qué es este reporte policial?

En su escritorio reposaba un expediente color amarillo con una etiqueta blanca en la que se podía leer: "Breve historia familiar García Hermanos, Archivo judicial, 1958-2008".

—Es eso—. Zaldívar estiró la mano, extendió el dedo índice para alargar la extensión de su brazo y casi rozar el sobre. Con su jefe tenía la necesidad de ser lo más explícito posible. Había aprendido que era la mejor manera de manejarse—. Un reporte que se elaboró como parte de una investigación por la dudosa muerte del Patriarca. Causa posible: envenenamiento. Esa es la conclusión.

—Envenenamiento… ¡mis pelotas! —y continuó—: Fui muy claro contigo: NO PUEDES INVESTIGAR A LA FAMILIA… Sólo tú ves mierda donde no la hay. Investigar significa MO LES TAR. ¡Carajo!

Cuando terminó de decir esta última palabra, se dio cuenta que estaba gritando y su aceleración se le había disparado mientras que su oponente se mostraba calmo.

—¿Ya terminaste, Bruno?

—No. ¿Qué hay de novedades?

—Probé el mejor café del mundo, bueno, no sé si el mejor, pero sí el más caro. ¿Sabías que en Tailandia hay un felino que se traga las bolitas de la mata del café, después las caga, se recolectan, se lavan y se tuestan, y...?

—Vete a la mierda, *agente Zaldívar*.

—Civeta.

—¿Qué?

—Civeta se llama el pinche gato.

—¿Estás claro con la indicación?

—Muy claro, Bruno. Como una mañana de otoño.

—Llévate esto —y le aventó el expediente.

Salió y cerró la oficina.

A todos los miembros de personal el dios de la agencia policial los había puesto en pausa, todos sin excepción estaban pendientes de lo que ocurría en la oficina y en cuanto salió, reanudaron sus labores y el ajetreo. El jefe ya se había desahogado con el coraje del día, así que estaban salvados por la campana.

Zaldívar, quien le doblaba la edad a su jefe, se había forjado en las calles entre malandros, prostitutas y ladrones, además de la realeza de *dealers* vendedores de drogas. Casi siempre había resuelto los casos gracias a su agudeza mental. Llamarle jefe a su superior era engrandecerlo. ¿Qué putas cosas delincuenciales sabía de la vida? Se había formado estudiando casos, teorías e hipótesis de un libro. El último año de su carrera se veía amenazado por pendejos como Bruno y aparte, este lo amonestaba chantajeándole: "Usted quiere retirarse con todos los honores, ¿correcto? Bueno, entonces haga lo que le pido y ya está".

—¡Chinga tu madre! —se descubrió alzando la voz con este improperio e inmediatamente se disculpó al ver que varios de sus compañeros lo acompañaban con la mirada mientras caminaba hacia su escritorio. *Han de pensar que ya estoy viejo y que hablo solo, Pareja ... Pareja, ¿sí hablo solo?*

Una voz real lo regresó a la realidad de la oficina.

—Zaldívar, tu hijo ha llamado dos días seguidos. Por la diferencia de horario nos pidió que te saludáramos —rio Álvarez, un compañero de sección.

Al ver que se le quedaba mirando, le exigió terminar de darle el recado con cara de interrogación.

—¿Y qué? ¿Qué más? —respondió Zaldívar.

—Nada. Hoy te volverá a llamar a las doce del mediodía. Le dijimos que andabas resolviendo un caso de extrema delicadeza… —Álvarez no pudo terminar, lo atacó la risa.

Zaldívar, en lugar de darle las gracias, le levantó el dedo medio en señal de saludo. Era la segunda vez que usaba los dedos en menos de una hora.

—Por algo están ahí —resopló.

Comenzó a redactar todas las notas de las dos entrevistas en orden de importancia para ayudar con esto a estructurar su cabeza. También le servirían para elaborar el reporte. Era de los de la vieja guardia y sólo usaba una libreta de bolsillo para anotar palabras que le ayudaban a recrear la escena o la conversación. Seguía ejercitando la cabeza con ejercicios de memoria, anotando cuando nadie lo veía, y eran notas que sólo él podía descifrar. El caso en cuestión estaba clasificado, tenía que ser puntual.

No anotó lo que más le llamó la atención, que fue la personalidad de la viuda, su sagacidad, claridad mental, y su aplomo. Tampoco anotó nada sobre su belleza, aunque sintió otra vez que su imaginación se resbalaba por la tangente, como en un tobogán que lo llevaba a otro derrotero al que no tenía que ir… aunque estaría encantado de hacerlo.

En eso estaba cuando sonó el teléfono de la centralita y lo devolvió a su realidad.

Levantó la vista y el reloj de la pared justo marcaba las doce horas.

Qué poco rato dura el tiempo cuando te sumerges en lo que te da placer, ¿verdad, Pareja? Su caja de resonancia últimamente estaba medio desconectada, o lo castigaba por no centrarse en lo importante.

—Zaldívar, contesta, tienes llamada —se escuchó el grito del oficial responsable de la primera ventanilla de la agencia.

—¿Hola?

—Hola… ¿papá?

—Hola, hijo. ¿Dónde andas?

—¿Dónde andas tú, viejo?

—Bueno, ya ves, desempolvándome.

—Yo estoy en Marsella.

—¿Y es bonito?

—¡Espectacular! ¿Sabes que esta ciudad la fundaron los griegos en el año 600 antes de Cristo? Y fue conquistada por los romanos en el año 50 antes de nuestra era. Es la ciudad más antigua de Francia… bueno, después de Paris, claro—. El joven sabía que a su padre le gustaba la historia y este tipo de apuntes le alegraban el día.

—¿Y ya conociste alguna francesa?

—Están guapísimas… pero muy alzadas. Como aquellas garzas blancas que contemplamos en la arena de la playa el año pasado. ¿Te acuerdas?

—Qué bien, hijo. Me da gusto que me llames —no pudo evitar que su timbre de voz lo delatara, pues lo extrañaba.

—Y tú, ¿estas bien?

—Sí, hijo, estoy bien. ¿Vendrás para Navidad?

—Sí, papá. Me temo que ya me tengo que ir.

—Está bien, hijo. Cuídate. Te mando un abrazo.

—Yo también. ¡Te mando dos!

Ese "yo también" se escuchó muy lejano y lo invadió la tristeza. Colgó y no pudo continuar con lo que estaba haciendo, pues se había desconcentrado.

Se levantó y fue por un café y cuando se lo estaba sirviendo se le vino a la mente un gato cagando. Olió su taza y sonrió. Siempre se aprenden cosas, Pareja… ni tú sabias eso.

La Pareja no estaba para esas pendejadas: lo estaba dejando solo y su alma. Este pensamiento lo usó Zaldívar para sacudirse la tristeza... No lo logró.

UNA SEVERA ADVERTENCIA

L a semana trascurrió sin prisas ni sobresaltos, salvo el aviso del centro meteorológico que anunciaba nuevos fenómenos climáticos amenazando al país. Según los pronósticos, se esperaba que el viernes tocara tierra el huracán Víctor, categoría cinco, con vientos mayores a 250 kilómetros por hora. Por ello se instaba a la población a resguardarse, procurarse de víveres y atender la suspensión definitiva de clases escolares en todos los niveles del estado, según se escuchaba en el boletín informativo.

Esa semana el inspector Zaldívar esperaba con ansias una llamada pendiente que nunca llegó. El viernes, con la agencia cerrada por la eventualidad del huracán que al final se degradó a tormenta tropical, la Comarca se inundó, ya que la depresión persistió durante todo el fin de semana. Zaldívar aprovechó para presentarse como rescatista junto con el equipo de bomberos para ayudar a desalojar a las personas con viviendas vulnerables en las áreas inundadas. El domingo se despertó con una infusión de yerbabuena para quitarse la gripe que le provocó la mojada de espalda que se dio.

El lunes estaba como nuevo, en la agencia, aunque con el reporte incompleto que no tenía ganas de terminar. Su jefe, Bruno, estaba ausente por una comitiva que tuvo que hacer en la capital del país. Cerca de las once de la mañana, sonó el teléfono de la centralita y un agente buscó afanosamente a Zaldívar, quien no estaba en su lugar, por lo que tuvo que tomar el recado.

Zaldívar, ocupado hurgando los archivos, se ausentó hasta la hora del almuerzo. Al regresar a las cuatro de la tarde encontró el recado sin remitente en un post-it color naranja pegado al calendario de su escritorio: <Jueves o viernes a la misma hora. Escoja el día que le convenga mejor. Saludos>. Supo inmediatamente de quién era.

Apuraba las horas del día, se ocupaba de llenarse de pendientes, pero las imágenes del caso, su obsesión, invadían constantemente su mente. Sentía que había algo que no le cuadraba, algo no hacia sentido, y por un momento se sintió perdido en mitad del océano. A lo lejos, una enorme rosca amarilla inflada se alejaba lentamente y él veía cómo el viento lo separaba en otra dirección; tarde se daba cuenta que tenía que ir por el salvavidas o se ahogaría.

Absorto en sus pensamientos, no se dio cuenta de la llegada de su jefe, quien, al abrir la puerta de su despacho y antes de llegar a él, le aventó a su escritorio el periódico.

El golpe lo despertó y se encontró regresando de una dimensión donde todas las cosas ocurrían en cámara lenta y el tiempo no corría deprisa. Volteó a ver a su jefe y después al periódico, creyendo escuchar una voz que se diluía en las ondas del tiempo con cada parpadeo. De súbito reaccionó y, extrañado, externó:

—Esto es bueno para la agencia, sin duda —lo soltó sin más

—No creo que estes entendiendo la gravedad del lugar en que nos pone el artículo—. El periódico de circulación nacional traía una reseña del Patriarca, su vida y sus contribuciones—. ¿Cómo va a ser bueno? —preguntó perplejo su jefe.

—Imagina que descubrimos que fue envenenado y lo exponemos a la sociedad… El Patriarca ya es una especie de héroe de los necesitados, nosotros le estaríamos haciendo justicia.

—Agente Zaldívar, esto es muy arriesgado, incluso para mis oídos. Sólo tú ves moros con tranchete —advirtió Bruno. Acto seguido le gritó a Álvarez, quien llegó solícito a la oficina —: Álvarez —resopló Bruno—, eres testigo de lo siguiente: agente Zaldívar, tienes estrictamente prohibido seguir investigando a la familia del Patriarca, y en especial a la viuda García. Si lo haces y desobedeces mis órdenes, ¡causarás baja automática y definitiva por desacato a mi autoridad! —y tras esas palabras, Bruno se dio la media vuelta y estrelló la puerta al salir.

El tal Álvarez, un agente compañero de muchos casos del inspector Zaldívar, era un indio de piel cobriza con pelo liso y la partidura en medio. Medía más de 1.90 de estatura y se quedó de piedra ante la instrucción. Ambos se quedaron mirándo, el acusado con una mueca y el testigo disintiendo.

—No te atrevas a decir nada —le ordenó Zaldívar a su compañero.

—¿Quieres un consejo?

—¡No!

—Pues aquí te va de todos modos: Estás a meses de jubilarte y este cabrón te acaba de amenazar con correrte… ¿qué puta parte no entiendes? Deja todo, hazte pendejo, y vive mejor.

Aquello le sonó a alguna frase *cool* de esas que ahora se inventaban los jóvenes.

—Está bien. Eso haré —se sorprendió de la firmeza de su respuesta.

—Este sábado vamos a hacer una carne asada en mi casa. Te esperamos. Ojalá esté contigo tu hijo para que lo traigas. Y hazme caso.

—Gracias, está bien —su respuesta reflejaba su baja carga de energía.

Al notarlo, Álvarez volteó la cara.

—¿Está bien qué?, ¿la carne asada o el caso de la familia García? —le bromeó.

—Vete a la mierda.

Álvarez se carcajeó.

—Al menos te regresé a tu estado natural.

Álvarez era quizás el único que le llamaba "inspector" en señal de respeto. Se debía a que él también procedía de la anterior corporación policiaca, por tanto ambos eran miembros de la primera generación. Habían trabajado juntos en infinidad de casos y Álvarez le admiraba la sagacidad, aunque últimamente le tenía que estar cuidando las espaldas.

Zaldívar se quedó leyendo el artículo del periódico. Era más importante eso que la advertencia, aunque por un momento se reflejó en la pared de su oficina la sombra de un enorme brazo con un sable que amenazaba su cuello. Notó la ausencia de su Pareja porque no apareció en su rescate.

— "Perro que ladra no muerde", dicen en mi pueblo —rumió.

El artículo se enfocaba en las empresas y la generación de empleo, así como el altruismo de la familia del Patriarca. Se esperaba que, tras su deceso, los hijos junto con la viuda le dieran continuidad a la beneficencia en la comunidad y siguieran en los estados donde tenían operaciones. Nada que él no supiera ya.

Comenzó a formular automáticamente preguntas:

¿Quién es el responsable de la publicación? ¿Con qué fin lo hicieron? Se habían tardado, el Patriarca llevaba seis meses sepultado, ¿por qué ahora? ¿Publicaron el artículo para parar cualquier investigación? ¿Se violaba la vulnerabilidad de la vida de quien había sido todo un pilar en la sociedad?

Volvió a poner orden en su cabeza y por primera vez pensó, *Pareja, ayúdame.*

Sorpresivamente, su Pareja le habló.

Sigue tus instintos.

Sabía que me responderías, se dijo agradecido.

Si alguien se hubiera asomado a su oficina en aquel momento, hubiera visto a un hombre hablando consigo mismo y lo hubieran juzgado de senil… gracioso, pero senil.

TERCER INTERROGATORIO

Jueves, 3:50 de la tarde. Una pertinaz lluvia había mojado todo a su paso, pues la depresión tropical no terminaba de irse. Al frente del enorme portón eléctrico el Corsar VW esperaba para entrar.

Cuando descendió del auto, Zaldívar se quedó maravillado con el sonido de los ahuehuetes que bailaban al ritmo de un viento frío. Al igual que la lluvia, no habían cejado en su intento de pasar desapercibidos. Nunca había escuchado algo tan bello.

Para cuando volvió en sí, ya estaba empapado. *¿Qué más da? De estos lujos no hay toda la vida*, se dijo.

La hoja de la puerta estaba abierta y el fiel sirviente Damián lo esperaba en el umbral con una toalla blanca.

—¿Cómo está, Damián? —le palmeó el hombro al momento de recibir la toalla en señal de agradecimiento.

—Espere en la sala —le indicó el serio y educado sirviente.

—Damián… Damián. Hay más autos afuera, ¿tienen visitas?

El sirviente volteó medio cuerpo y dudó en contestar.

—Está la hija de la señora.

El agente hubiera apostado que no respondería la pregunta, pero le gustaba retar las barreras que creía cerradas. Por ahora, había logrado abrir las de Damián.

—Gracias—. Le puso una cara de complicidad que el sirviente ya no alcanzó a ver.

Ahí se quedó parado un buen rato que le ayudó a arreglarse un poco tras la lluvia ligera que lo había mojado de forma uniforme. Con la mirada perdida en el cristal de la ventana, viendo el baile de los enormes árboles, se dio cuenta que una parte de él se había olvidado de vivir por no apreciar las cosas simples pero maravillosas. Así lo encontraron las dos mujeres.

—Buenas tardes, inspector.

Escuchó el timbre de voz de la viuda y le dio un brinco el corazón. Cuando se dio la media vuelta para mirarse en sus ojos y verle la cara, se sorprendió nervioso, por lo que dejó ver una sonrisa tímida como saludo.

—Buenas tardes, gracias por invitarme.

Con el saludo se aseguraba de dejar en claro, ante las mujeres y Damián, que estaba ahí de invitado. Después se dio cuenta que no se había quitado la chamarra desgastada y se sintió cohibido, ahora por la presencia de un acompañante de esplendorosa belleza que cuidaba la espalda de la viuda.

—Ella es mi hija, Casandra.

La presentó cuidando que la hija pasara al frente, y ella dibujó una sonrisa cálida que le pareció transparente.

—Mucho gusto —respondió ante semejante mujer, quien portaba una mata nutrida de pelo ensortijado y los mismos ojos marrones de la madre.

—El gusto es nuestro. Permítame su chamarra.

La soltura de la hija lo sorprendió. Al entregarle la chamarra se sintió desprotegido, pues esta, en muchas ocasiones, le había servido de escudo protector como en esa tarde de lluvia. La misma lo había resguardado de situaciones más complicadas, pero por alguna razón en esta ocasión sintió vulnerabilidad: no se había acostumbrado al terreno que pisaba.

Casandra, tras personalmente colgar en el perchero la reliquia mojada, le regresó la mirada y a él se le acabaron las palabras. Fue Daniela quien lo volvió a ubicar en el tablero de ajedrez.

—Mi hija ya se va. Ha estado toda la semana conmigo. Llegamos de un viaje al norte del país y ante el fenómeno meteorológico se quedó a cuidarme—. La abrazó y le dio un beso en señal de gratitud y amor.

—Adiós, má —correspondió al beso de la madre—. Hasta luego, señor...

—Zaldívar, para servir a usted. Hasta luego.

Cuando se fue, el aura que desprendía de su cuerpo cubierto por un vestido blanco tejido se fue con ella, como estela de espuma en el mar.

—¿Café, inspector?

—Sí, gracias, pero prefiero de olla que de gato.

Sonrieron ambos.

Damián salió sin más por el encargo.

Se quedaron mirando mutuamente hasta que ella le indicó sentarse, y al hacerlo él preguntó:

—¿Puedo? —señaló al último tomo, el álbum con el numero romano LX en el lomo negro.

—Por supuesto.

A continuación, ella se sentó cruzando una pierna sobre la otra. El vestido largo de lino blanco hasta el piso le ayudaba a andar con soltura; una cinta anudaba su cabello en cola; no iba maquillada, se veía al natural con su piel bronceada, y le pareció hermosa. El agente abrió el álbum buscando la inscripción en la tapa interior con la fina caligrafía que ya conocía. Esta vez la encontró hasta el final.

Cuando Dios quiere castigarnos,
atiende nuestras plegarias.

Lo anotó mentalmente. Antes de comenzar a hacer el recorrido habitual, y haciendo tiempo para que Damián sirviera el café, comentó:

—Sabe, Daniela, nunca me había detenido a escuchar el viento entre el follaje de sus árboles.

Ella sonrió y sus hoyuelos regresaron.

Cada día la veía más guapa, y más ahora que estaba al natural, quizás porque así se mostraba en consonancia con su personalidad y la forma en que se expresaba. Creyó por un instante que podía ver su alma transparente, sin pecados. Posó la mirada en el cuello desnudo de su anfitriona. Su Pareja lo regresó a la realidad: *Cuidado, no te dejes cautivar, no te olvides del porqué estás aquí sentado.*

Recompuso su postura, ¡carajo! La mayoría de las veces, tenía que reconocer, su Pareja tenía razón, ¡pero le había cortado la inspiración y el encanto! Le tuvo que decir, *Gracias, Pareja. Eres un hijo de puta.*

Las palabras de ella salieron de forma lenta y cadenciosa.

—Nací con ellos. En el lindero de la parcela de mi abuela había un arroyo y lo bordeaban a ambos lados unos ahuehuetes milenarios. Ya estaban ahí cuando llegó la madre de mi abuela. ¿Se imagina la edad?

—¿Y aún están?

—Sí, ahí están, viendo pasar el tiempo. Mas ya no está el arroyo, fue desviado para que la población tuviera prioridad del vital líquido.

—¿Y de dónde se suministran de agua para las fábricas?

—Hay bastante humedad. Se perforó y hay un pozo profundo que nos alimenta según lo vamos necesitando. No crea, nos hemos ido adaptando a los retos que se nos van presentando. Al final, de eso se trata la vida, ¿o no?

—Estoy de acuerdo con usted.

Comenzó a repasar las fotografías. Fotos de los eventos familiares, los actos académicos, las graduaciones, las imágenes con las tías tímidas, vestidas de acuerdo con la época. Llegaron las bodas y los nacimientos de los nietos, los bautizos y, después de eso, en las siguientes postales, la ausencia del Patriarca fue muy notoria.

Daniela narraba los sucesos captados por la lente y el notó cómo, a medida que avanzaba la secuencia de eventos, su apariencia se tornaba más demacrada, pues en la mayoría aparecía sin maquillaje.

—La felicidad está en disfrutar los momentos —dijo señalando el rosario de imágenes—. Festejando la vida de mis nietos. Uno deja de ser protagonista para que vivan los que nos sucederán: todo esto me mantuvo con vida —cuando terminó esta frase, el agente notó cierto dejo de nostalgia, pero, aun así, dijo directo, sin desviarse:

—Veo que el Patriarca ya no sale más en las fotos.

—No, ya no. Sólo en esta —Daniela lo llevó directamente a una, era muy obvio que quería que la viera.

—¿Ya había cumplido todos los encargos que debía de hacer como padre, antes de morir? —se sorprendió de la pregunta, pero ella no.

—Sí. Casi todos—. Le dio un sorbo al café.

—¿Casi? —No pudo ocultar su olfato de sabueso buscando artilugios en las frases o en las pausas, y se avergonzó, pues la viuda no merecía tal interrogatorio.

—El tema de la herencia. Tenía que haber designado a Luis Gabriel, el mayor, y no lo hizo.

—¿Por qué no lo hizo?

—No quiso.

—¿Y cómo quedó entonces?

—Eso no puede ser revelado, mis hijos y yo estamos constituidos legalmente en un fideicomiso confidencial, con porcentajes de las acciones de todos los negocios.

—Perdóneme la pregunta.

Ella sonrió aceptando la disculpa. Regresó a la fotografía y se enfocó con la lente para aumentar su memoria.

Un hombre arropado con un zarape que parecía un anciano decrépito le provocó al inspector formular las preguntas en línea que, si hubiera consultado, su Pareja no le hubiera permitido hacer.

—¿Por qué cree usted que envejeció tan rápido? —Como que se acordó de no dejar las preguntas abiertas y continuó—: ¿Por qué le cambió de color la piel a ceniza? ¿Cuántos años era mayor él que usted?

—Él tenía treinta y seis años y yo dieciséis cuando nos casamos—. Se quedó callada, esperando que un trago de saliva pasara por su garganta, quería asegurarse bien de lo que a continuación iba a responder. Sin duda había algo en su pasado que le molestaba y quería expulsarlo. El agente lo notó—. Mi marido no envejeció hasta que le cayó una especie de embrujo que había estado deteniendo el tiempo en su humanidad. El resentimiento que albergaba le salió a flote al verse inválido y lo que guardaba en su corazón le estalló como una granada y nos salpicó a todos los que lo rodeábamos; dejó entrever una identidad desconocida—. Hizo una pausa y suspiró para meter aire a sus pulmones.

¿Ves, Pareja? Dijo "los que lo rodeábamos", no "los que lo queremos".

—¿Perdón? —dijo Daniela.

Zaldívar, por un instante, creyó que su pensamiento se había escuchado.

—Disculpé, no la quise interrumpir.

Él había logrado llevarla hasta dentro, a lo profundo de su corazón, pero a ella esto también le estaba sirviendo de catarsis. Aquello era todo lo que no lograba aún de terminar de expulsar fuera de su vida.

—¿Qué hicieron? ¿Cómo lo manejaron? —le animó a seguir.

Daniela recitó algo que tenía grabado a fuego en su memoria y que si no decía terminaría como un grillete que día a día retorcería su cabeza hasta hacerla estallar.

—Si no podemos amar a nuestros semejantes, los que nos lastiman, amémonos por lo menos a nosotros mismos. Amémonos lo suficiente para no permitirles que dominen nuestra salud, nuestra libertad, y nuestra felicidad.

El inspector Zaldívar guardó silencio, buscando darle un respiro. La notó cansada, cargada de un ancla que acababa de lanzar por la borda. El silencio se interpuso entre ellos y a él se le acabaron las preguntas y los argumentos, pero a Daniela no.

—Después de esto, hasta su muerte, le sobrevino una diarrea intermitente. Dos días sí, tres no, y de nuevo otra vez sí... Poco a poco hizo de aquel hombre, del hacendado fuerte, de rancho, criado entre el ganado, una sombra sin fuerza, sin luz, marchito, de piel ceniza, como usted lo notó. Pero no se podía morir. Fue como estar presenciando un castigo divino.

"La voz gutural que surgía de su boca era un quejido débil, pues si se esforzaba, no podía contenerse. Me refiero —e hizo una seña hacia su trasero—. El dolor del estómago le hacía ver puntos de luz en sus párpados apretados, así que prefería tenerlos cerrados. Llevaba días y noches sin dormir, perdí la cuenta. La alimentación era sólo líquida por instrucción del doctor, así que se la dábamos primero con pajilla y al final por un tubo a través de la tráquea. Un fuego interno se apoderó de sus entrañas haciendo que se retorciera de dolores ininterrumpidos, con fiebres altísimas que lo mantenían deshidratado".

—Y los especialistas que lo revisaron, ¿qué le diagnosticaron?

—Lo mismo que a usted le arrojó en los exámenes de sangre, orina y copro que se le tomaron antes de morir: nada.

Le sonó a reclamo, ¿o a confirmación?, *pero está en su derecho, pensó.*

—Su pena era más un enojo, un enojo como el monóxido de carbono. ¿Conoce las propiedades del monóxido de carbono, inspector?

Lo sorprendió; estaba ausente, sumido en sus pensamientos, pero también fue que no tenía ni la mínima idea de qué carajos era eso…

—¿Monóxido de qué? —y de su boca salió la respuesta honesta—: No, Daniela, no sé —dijo su nombre para que la empatía hiciera su trabajo y continuara.

—El C. O., monóxido de carbono, es un gas incoloro, inoloro e insípido… pero altamente tóxico. Puede causar la muerte cuando se respira en niveles elevados.

Hasta ahora sale la palabra "muerte", pensó el agente.

De nuevo el silencio los rodeó, como buscando cobijarlos. Habían descendido a lo intenso de los recuerdos y, por la postura de ambos, parecía que tenían frío.

Zaldívar entendió el mensaje de la contraportada del álbum, *"Cuando Dios quiere castigarnos, atiende nuestras plegarias",* pero no quiso emitir opinión, y menos una conclusión.

Su mano ya sabía lo que tenía que hacer, regresó a pasar las hojas del álbum sin detenerse a mirar con detalle las imágenes que desfilaban ante sus ojos, como un autómata que necesita terminar algo que dejó inconcluso. En la última página encontró una fotografía diferente que le llamó poderosamente la atención, una foto en blanco y negro, sin duda la más antigua de todas las que había visto en los tres tomos: era ajena a aquellas vidas retratadas. En ella aparecía un joven sin camisa con un bebé envuelto en una manta, como un tamal que sostenía a la altura de la cara, al que le besaba la nariz. Inmediatamente la señaló con su dedo.

Ella contestó mirando algún punto fuera de la órbita de la tierra.

—Ellos ya partieron.

—¿Quiénes son?

—El joven es Sabino, mi novio de la adolescencia, y el bebé en sus brazos es el hijo que procreamos—. Al referirse a ellos se le escuchaba la nostalgia en la voz—. Todos hemos perdido a alguien… ¿usted no? —Buscó rápido corregir la diferencia entre su marido y los personajes de la foto, una imperfección mínima pero perceptible—. Todos hemos visto partir a un ser querido y eso implica que uno hace lo que sea para no restregar la herida que queda lacerada. Si usted no tiene la ausencia de un ser querido, usted no puede entender lo que digo, mucho menos el dolor que nunca se va.

—Soy viudo —lo dijo tímidamente, buscando esconder su desasosiego, pero también cuidando de no provocar lástima: no quería escuchar de su boca un "lo siento"—. Mi esposa falleció de cáncer de páncreas. A veces me castigo por olvidarla, luego me prometo recordarla para no dejar morir su recuerdo —buscaba en su cabeza las frases y las conexiones correctas para disculparse, sin disculparse, por llevar aquello a una encrucijada que no tenía salida.

Y ahí estaban ambos lamiendo las heridas.

Fue ella la valiente que rompió el silencio y lo sorprendió con lo que le soltó.

—Entonces debe de saber del carácter que se necesita para ser un sobreviviente. Para atravesar el umbral del dolor, salvar a los hijos del incendio, mantener el prestigio de la familia, mantener los negocios a flote y honrar a los difuntos.

¿Difuntos?, ¿plural? El agente Zaldívar creyó innecesario seguir indagando. Él también estaba cansado, la carga emocional de ella lo había alcanzado.

Daniela se levantó y él también, quedando a la altura de los ojos marrones de ella, ojos que presagiaban lluvia. Afuera, el cristal de las ventanas aún soportaba el constante golpeteo de las minúsculas gotas que no habían parado en toda la tarde. Ellos las habían ignorado.

Él le dijo algo que ella no escuchó, pues estaba sumida en su letargo. Cayó en la cuenta de que se estaba despidiendo cuando estiró la mano para alcanzar la chamarra.

—Damián lo acompañará a la salida.

Ahí quedó ella plantada a la mitad de la sala mirando la espalda de su visitante mientras la oscura tarde siguió lluviosa y fría, y la niebla hizo desparecer los ahuehuetes y el viento hizo titiritar los cuerpos y las almas allá afuera.

EL DESENLACE

El siguiente viernes el día estaba resplandeciente, con una cúpula azul inmensa y un sol más gordo y dorado que de costumbre. La sierra que servía de fondo a la hacienda parecía estar más cerca; la lluvia de varios días había lavado la tierra por completo, haciendo la imagen trasparente y limpia. En la atmosfera, los trinos de las aves expresaban algarabía y agradecimiento.

El inspector Zaldívar apareció sin cita en la hacienda exactamente a las cuatro de la tarde. *La última semana de mi vida laboral.* El portón se abrió y el auto Corsar entró.

Daniela lo recibió ataviada con un vestido color café caqui abotonado por el centro que combinaba con el tono de su piel. Parecía estar estrenando vestido, cuerpo y alma: muy adecuado para el día que hacía afuera. En cambio, el agente venía con su típica camisa blanca de manga corta y con las baterías en un cuarto de energía. Esperaba que Daniela, con su luz, se las recargara.

Cuando la vio supo que había tomado la mejor decisión de su vida.

Ella lo saludó cortésmente y lo invitó a pasar. Ambos sabían que aún no habían terminado la partida.

Damián no estaba. Esta vez sí espero que ella se sentara primero y él inició la conversación directo al punto por el que iba.

—Daniela, quiero disculparme por lo que paso la semana pasada. No debí conducirla a donde desembocamos.

Su Pareja lo hubiera reprendido al descubrirse como conductor designado de destinos sin destino en una partida de ajedrez.

—Inspector Zaldívar, le quiero dar las gracias por ayudarme a sacudirme el exorcismo que me apresaba. Le estoy muy agradecida—. La expresión de su rostro denotaba el optimismo en cada frase que salía de su boca.

Esta respuesta lo dejó desarmado y completamente desorientado. Supo que estaba siendo honesta.

—¿No se me nota? —lo retó a que la mirara.

Está guapísima, pero eso, Pareja, no se lo podemos decir... ¿o sí? ¡NO!

—Sí. Se ve usted rejuvenecida. Me alegro por usted —él también fue honesto.

—Al contrario. Usted me confesó algo muy íntimo... el fallecimiento de su esposa. Yo no me detuve a pensar en su pena, hasta después recapacité y me di cuenta de que no fui educada, mucho menos empática. Estaba sumida en mis dolores, en mis remordimientos, como si fueran los más grandes del universo.

¿Remordimientos? Su Pareja lo activó, pero no hubo reacción.

Ella había sido enfática en esta palabra, pero él continuaba con muy bajo nivel de energía como para seguir la partida.

Después vino una pausa que congeló la imagen de ambos y ella esperó que la respuesta del inspector Zaldívar activara el movimiento, pero esta no llegó: se le habían acabado las interrogantes.

Al final fue ella quien exhaló un profundo y largo suspiro y buscando su cara le preguntó:

—Para cerrar esto, y necesito que me sea honesto: ¿encontró lo que buscaba?

Vaya que Daniela es una mujer atrevida, pensó.

—No. No encontré lo que buscaba.

—¿Por qué no? —lo volvió a desafiar.

—Porque quizás no lo hay. ¿O sí? —El reto despertó al agente y sus neuronas se activaron.

A continuación vino otro silencio que, a diferencia de los anteriores, los hizo sentir cómodos y les sirvió para sacar conjeturas, pero ella aprovechó para sacar otro tema.

—Dígame, ¿tiene hijos?

—Sí. Un varón. Mi vida no tiene nada de interesante —dijo esto con la intención de que ella no hurgara en su vida personal, causando el efecto contrario.

—Dígame, ¿cómo falleció su esposa? Después de todo, me lo debe, ¿no cree?

—Bueno, ella sufrió de cáncer de páncreas y tiene más de veinte años de muerta. Sufrió una lenta agonía y por fin, un día, ya no aguantó más. De común acuerdo, la dejamos marchar.

—¿Común acuerdo?

—Sí. Ya no aceptó más el tratamiento y respetamos su decisión.

—¿Su hijo estaba pequeño?

—No, era un adolescente de diecisiete años. Le tocó verla sufrir desde el inicio. Para nuestra fortuna, si es que puede llamársele así, no se prolongó aquella angustia más de cinco años. No sólo sufre el enfermo, también todos los que lo rodeamos. A mi hijo esa época lo marcó, para bien o para mal —mientras decía esto, sacó de la bolsa de su camisa un pañuelo blanco bordado y lo depositó en la mesa.

—¿Cómo era su esposa… y su hijo?

—Mi esposa fue una mujer sencilla que no pudo tener hijos, así que adoptamos un angelito del hospicio en la capital del estado y con un día de diferencia llegó a nuestras vidas.

—¿Cómo que con un día de diferencia?

—Sí. Un joven un día antes lo había puesto en manos de las monjitas, las Hermanas de la Caridad. Nosotros esperábamos para adoptar y en la víspera de la urgencia nos lo dieron—. Se quedó pensando en cómo decir lo siguiente, ya no había marcha atrás—. Lo bautizamos como Noé.

Daniela palideció y su rostro contrastó con el color de su vestido.

—Respetamos el nombre que llevaba bordado en la sabana que lo arropaba—. Daniela ya no respiraba—. Era un bebé hermoso de seis semanas de nacido, aproximadamente. Ahora es capitán de una fragata comercial, nació para el mar—. Daniela estaba conmocionada—. La semana pasada me llamó del puerto de Marsella.

Lentamente a Daniela le brotaron lágrimas silenciosas que se deslizaron por sus hermosas mejillas y, sin darse cuenta, apretó en su puño el pañuelo blanco que él había dejado en la mesa. El agente, a pesar de estar consciente de lo que estaba provocando, tenía que apurarse, no podía detenerse, tenía que entregar lo guardado. Hizo una pausa, se le había agotado la carga de batería que traía. Ya sabía los destrozos que estaba causando en Daniela, lo sabía desde el inicio. La fotografía del día de ayer sólo le había confirmado lo que ya sabía y cuidó de no causar más estragos de los ya provocados en la humanidad y en el alma de ella.

—Nunca pude, por más que intenté, llenar ese vacío. No se puede. Un hijo arrancado de raíz de los brazos de su madre de sangre jamás se borra, es una huella indeleble que le da la identidad de quien lo trajo al mundo. Tardé en comprenderlo y con la partida de su madre adoptiva empeoró todo. Se hizo rebelde y tuvimos muchas diferencias, llegamos incluso a los golpes y a ofendernos con palabras que dejaron heridas para toda la vida; me apena de verdad confesarlo. Ambos estábamos vacíos, pero él lo estaba por partida doble—. En todas las intervenciones dejaba un espacio, él lo necesitaba y Daniela más. No podía soltar todo aquello de un solo golpe, no hay cuerpo que lo hubiera resistido—. Cuando cumplió dieciocho se enlistó en la marina y se fue. Me dijo que ahí, en su casa, no había ya más nada para él, y me quedé preguntándome qué había hecho mal. ¡Quedé viudo y huérfano de hijo en sólo cinco años! —ahora las palabras, más que pesadumbre, denotaban rabia y un resabio a remordimiento—. Sólo el mar le ha dado la calma. Es un buen hombre de casi cuarenta años, un solitario que no ha querido unir su vida a alguien más que no sea el ancho océano. El tiempo nos ayudó a hacer las paces y yo soy el puerto donde termina encallando cada año. Sólo por unos días, no le puedo exigir más—. Seguidamente levantó la cara para que quedara fija y a la altura de la de Daniela, que estaba teniendo un espasmo en silencio, por lo que se apresuró a concluir—: Es la misma cara de usted, Daniela—. Guardó silencio en señal de respeto.

Daniela estaba recordando cómo se llora de verdad. Zaldívar se acercó y la rodeó con su brazo velludo.

—Nunca es tarde —le murmuró—. Él sólo me ha pedido un favor en la vida. Que yo, como inspector, encuentre a sus verdaderos padres. Me alegra haberlo logrado —volvió a murmurar como para asegurarse de que era real el momento que estaba viviendo.

Ella estaba desgarrándose por dentro. La casa tenía un eco y cuando comenzaron a subir de tono sus sollozos, el silencio se vio interrumpido. Parecía que dos personas lloraban al unísono, ella y la parte que siempre le hizo falta. El agente no pudo más y, sosteniéndola, lloró con ella su pena: la suya, la de ella y la del hijo que compartían. Así la retuvo abrazada como para que no se le resbalara de entre los brazos hasta que los espasmos cesaron.

El inspector se levantó, fue a su vieja chamarra de piel desgastada, y sacó una fotografía. Era la de un Noé sonriente, vestido de marinero, de chaqueta azul con hombreras y gorra blanca con la insignia de capitán. Ella la tomó con sus manos temblorosas y después de buscar en la foto su alma, se la llevó al pecho. Con esto buscaba abrazarlo y ponerlo a salvo, no contagiarlo de su sufrimiento, de su pérdida, de su dolor.

Ahí se quedó, muda y hermosa. Sólo los suspiros que cortan el aliento y hacen que el corazón se detenga por un instante daban muestra de que seguía con vida. Después, lentamente depositó en la mesa la fotografía cuidando la fragilidad de la joya y evitando que, como un cristal, se rompiera. Se alisó el vestido sobre los muslos con ambas manos y dijo:

—Ahora es mi turno, tengo que confesarle algo—. Se limpió con el dorso de la mano la cara para que no quedara rastro alguno del antifaz invisible que había usado; el pañuelo totalmente mojado ya había realizado su función—. La agonía física y biológica natural de un cuerpo castigado por una enfermedad incurable dura muy poco, pero la agonía de un alma despedazada dura toda la vida. Dicen que el mejor engaño es la verdad. Deduzca el resto, usted es demasiado inteligente.

Se congeló la imagen. Los cuerpos, al vaciarse de las cargas emocionales, necesitan reposar y tomar aliento para continuar su andar. Después del largo trance, despertaron. Parecía que se habían puesto de acuerdo, pues ambos se levantaron al mismo tiempo y se volvieron a abrazar como dos seres necesitados. Ahora, parados ambos de frente, ella aprovechó para decirle al oído:

—Su presencia me rescató de las aguas negras de la incertidumbre y eso no se puede pagar con nada—. Hizo una pausa, pues se le había agotado el aire en los pulmones—. Usted es lo mejor que me ha pasado en estos últimos años de vida.

UN DÍA ESPECIAL

La foto del recuerdo, 27-10-2010

Apareció ante el regio portón de la hacienda la Estrella exactamente a las doce del mediodía una Tacoma Toyota plateada. La hermosa pickup parecía una nave que dejaba una estela de polvo de estrellas a su paso. El portón eléctrico se abrió automáticamente para dejarla pasar.

Siguió el recorrido hasta estacionarse frente a la hilera ordenada de jardineras recién pintadas de blanco que resaltaban la belleza de aquellos árboles que parecían hablar con el viento en susurros apenas audibles. La enorme puerta de la hacienda, sí, la que tenía por aldaba una argolla sobre los ollares de una cara fiera en relieve de un toro, estaba abierta de par en par.

Un hombre alto, robusto, vestido todo de blanco se apeó de la camioneta, se alisó el cabello y se colocó su gorra marinera de capitán de fragata como si estuviera a punto de penetrar al interior del barco del cual era responsable. Del otro lado surgió nuestro viejo conocido el ex inspector Zaldívar, quien estrenaba cazadora de piel negra brillante. Ambos caminaron en silencio hacia la puerta. La claridad del día les dio directamente en la cara antes de atravesarla, y quedaron ciegos por unos instantes. Lo que los guio dentro del recinto fue el agradable aroma a limón. Cuando sus ojos lograron abrirse, ante ellos apareció una rebosante familia que les esperaba con los brazos abiertos y a continuación sobrevino una salva de aplausos.

Daniela parecía un lunar blanco, una reina entre sus hijos y sus nietos. Lucía un vestido elegante que dejaba ver su regio porte, su pelo negro suelto caía como una cascada de agua dulce sobre sus hombros, y unas arracadas del color de sus ojos completaban su atuendo. Lucía espectacular.

Noé Zaldívar se quitó la gorra, la depositó en el perchero y se dirigió directamente a ella, atravesando el mar familiar que la resguardaba, embelesado, sin apartar la vista de ella. Su madre.

Era increíble el parecido entre ambos.

No hablaron, se fundieron en un prolongado abrazo y los dos dejaron que sus lágrimas les bañasen el rostro. Las sacudidas de los cuerpos parecían provocadas por una corriente eléctrica que los atravesaba, y los gemidos ahogados se alinearon hasta formar un murmullo que poco a poco bajó de intensidad y de volumen. Los aplausos a su alrededor quedaron suspendidos, se escucharon lejanos mientras ellos seguían empleándose a fondo en la batalla de sus sentimientos.

Se separaron por un momento para darse un respiro, siempre tomados de las manos para contemplarse, mirándose a los ojos como si con esto encontraran el alma desorientada y rota de sus cuerpos, la misma que les exigió de nuevo abrazarse, pues uno había sido parte del otro y la memoria de sus corazones reconoció a la parte largamente extraviada.

Daniela por fin soltó a Noé para que el resto de sus hijos, en fila, esperaran por su respectivo abrazo.

Este día era el cumpleaños número cuarenta y dos de Noé y una enorme postal hecha por un fotógrafo profesional capturó el momento. Aquella foto era la pieza del rompecabezas que faltaba en uno de los álbumes fotográficos antes de cerrarse con el título:

El pasado nunca muere

Después del acto pasaron al comedor, donde un grupo de sirvientes dirigidos por el noble Damián les serviría la comida, agasajando a toda la concurrencia. El exinspector Zaldívar, apartado de aquella muchedumbre, tenía la mirada de un hechicero que con una sonrisa enigmática se siente satisfecho: había culminado la tarea de su vida.

Afuera los ahuehuetes bailaron al ritmo del viento de las montañas. También ellos se sentían reconfortados, pues era un día especial.

EPÍLOGO

Expo Ganadera, 02-02-2000

Una fecha histórica en la que se definía la nueva mesa directiva de los ganaderos de todas las regiones y por consiguiente al nuevo presidente de tan importante asociación que, sin duda, movía la economía de todo el país.

La propuesta del nuevo presidente de la mesa directiva con serias posibilidades recaía en el nombre de Simón García y esto lo mantenía exultante. Toda su vida había sido un hombre temeroso ante el fracaso, por lo que esta vez, al no sentirse seguro con el triunfo, había viajado solo: nadie de su familia lo acompañó.

Ahora se arrepentía, pues al llegar y palpar la situación, se dio cuenta que le era totalmente favorable. Nunca nadie de sus antepasados había llegado a tanto y ahora él acariciaba el poder y la gloria. El día de las votaciones amaneció de muy buen humor y los que lo acompañaban certificaron que nunca lo habían visto tan hablador, sonriente y dadivoso.

Antes del recuento de votos, había regalado novillos Hereford, la raza bovina preponderante de su Hacienda la Estrella, a quienes le brindaron su apoyo y, por supuesto, a la comitiva que lo acompañaba. Su triunfo fue unánime y por primera vez la Asociación Ganadera Nacional tenía un presidente de provincia; siempre habían gobernado los ganaderos de la capital del país.

El halago es un perfume muy caro y difícil de adquirir, y aquella tarde, desde el pódium, Simón García lo recibió a raudales. Convencido de su capacidad, retó a la asociación a abrazar el crecimiento con calidad y compromiso y la asociación se le entregó de forma unánime. Se abría un nuevo horizonte fuera de las fronteras nacionales y si alguien podía lograrlo con su empuje, tenacidad e intelecto, era Simón García, sinónimo de éxito.

Después vinieron los cocteles, los brindis y los aperitivos, y se cerraba el programa de ese día con la cena de bienvenida, una cena para más de cien comensales que era todo un festín. Las entradas fueron ensalada fresca, sopa de calabaza y guacamole. De plato fuerte tres opciones: Tomahawk, sirloin y filete. Postre: torrejas, arroz con leche y jericayas. Todo acompañado por vinos finos de mesa mexicanos de la región de la Baja California.

Después de la cena se reunieron en el salón para socializar con habanos y brandy en unas cómodas butacas forradas de piel para buscar cerrar negocios, uniones y tratos. Atentas edecanes de figuras hermosas, enseñando un poco más de la cuenta, los atendían.

Fue brindis sobre brindis y por último apareció el tequila, la bebida de la tierra del nuevo presidente de la asociación de ganaderos. Aquello se fue a más, pues no fueron una ni dos ni tres, fueron doce botellas, equivalente a más de medio litro por cada uno. Poco a poco, a medida que la bebida iba venciendo a los integrantes, se iba terminando aquella noche memorable que quedaría grabada en las mentes de todos los que acudieron al festejo.

En la medida que la puerta se abría, se inundaba de luz el recinto en esas horas de la mañana. Parecía que el mismo sol, con su resplandor, cegaba las miradas en el interior del bar del hotel. Simón García tenía una resaca de miedo. Había bebido tequila más de la cuenta en la cena, cuando ya como presidente había recibido el premio a la mejor calidad por la raza bovina Hereford. La convivencia, el halago y el ego hicieron su tarea y, por primera y última vez en su vida, se emborrachó.

Había acudido de traje y corbata, pues la vestimenta era de rigurosa etiqueta y fue lo único que no le gustó: él siempre había asistido a las celebraciones importantes de la asociación vestido de charro adinerado. Incluso tuvo que comprarse ese traje, pues en su guardarropa no cabía este tipo de vestimenta. Entre la borrachera, alguien de rostro familiar le acompañó en todo momento, sin hablar y cuidándole. Por ahora eso era lo único que recordaba de la noche anterior; la ingesta de alcohol había velado su memoria. Y ahí, en un banco frente a la barra con un Bloody Mary, buscaba calmar su ansiedad y aliviar su malestar.

Cuando llegaron más ganaderos que, al igual que él, buscaban el elixir correcto para sanar las heridas que deja las batallas del exceso, les preguntó:

—¿Se acuerdan quién estuvo conmigo ayer en todo momento?

Los tres ganaderos que le conocían se rieron.

—Sí, nosotros —dijo uno y otro secundó:

—¡Claro! Siempre estuviste con nosotros.

El tercero cerró:

—¿O a quién te refieres?

El Patriarca ya no insistió, pues tenía pena de que vieran su desasosiego, pero en seguida se le iluminó la cara y sin pensarlo insistió:

—Fue alguien que incluso me llevó a acostar.

Todos los hombres recargados sobre la barra del bar fueron categóricos en sus respuestas.

—No. Fue una noche de varones, no hubo mujeres. Y menos usted, Simón García, que es un hombre cabal que no se lleva a la alcoba a mujer alguna que no sea su esposa.

Con este juicio en señal de respeto a su investidura y su prestigio, se le alivio un poco el dolor en su nublada cabeza.

—Bueno, debió ser mi ángel de la guarda—. Se alegró de su comentario, pues había sido un error compartir su duda y prestarse a malentendidos, más ahora que era el presidente.

—¡Salud, señores! —y alzó su vaso, lo llevó a su boca, bebió hasta el fondo y se despidió—: ¡Que tengan un excelente día!

¿Qué le había pasado? ¿Cómo pudo emborracharse de esa manera?

El Patriarca había perdido los estribos; el dolor de cabeza se le calmó, pero no la ansiedad que deja la incertidumbre. Algo no le cuadraba. Estaba seguro de que algún familiar le había acompañado. Por lo pronto no se iba a mortificar más por aquello, ya que quedaban tres días más de la Expo Ganadera y ahora tenía más obligaciones que cumplir aparte de las propias. Eso sí, no volvería ni a oler el tequila.

Vinieron tres días ajetreados donde se concluyeron las febriles actividades, logrando la meta de la venta de los rebaños del ganado bovino de las razas que se criaban en su hacienda: cebú, Brangus y Hereford.

Haciendo cuentas, todo había sido un éxito, excepto por el extraño suceso.

El día de su salida del hotel pidió desayuno a la habitación: panqueques y huevos con tocino. Desayunó tranquilamente, se bañó, y cuando estaba preparando sus maletas, encontró algo que hizo que el alma, así como la toalla, se le cayeran al piso.

Ya sabía quién había estado con él. Una sombra pesada le oprimió el pecho y le arrugó el entrecejo. No, no estaba loco, estaba seguro. Y aquel vestigio era la clara prueba de quién lo había acechado durante su imprudencia etílica.

Comenzó a recordar el olor a la fragancia de limones, el olor a limpio. Cuando terminó de cerrar su maleta, vinieron a su mente las imágenes borradas y las sensaciones transmitidas por aquel ente que no había evocado por más de treinta años.

Un gotero estaba en su maleta de mano y ahí recordó que ella había puesto doce gotas en el vaso de agua que se tomó cuando la resaca comenzaba a hacer su aparición en la madrugada.

Fue a orinar, pero antes de que la orina saliera de su cuerpo le sobrevino un dolor intenso en la boca del estómago que lo dobló. La escena fue la de un hombre desnudo que pedía perdón a la tasa del excusado. Se quedó un buen lapso intentando recuperarse. No sabía que ya no se iba a sobreponer a ese malestar en lo que le quedaba de vida; había entendido la diferencia entre tener poder y ser fuerte.

Eso marcó el inicio de su lenta agonía.

Coque no cree que todo tiempo pasado fue mejor; vive con lo que tiene y puede, especialmente en la sierra del sur de Michoacán. Pero sabe que toda acción tiene consecuencias, y con esta certeza, sonríe con tristeza mientras carga tres secretos que le queman el alma. Así comienza *Una ligera corriente de aire*, donde su inteligencia será clave para sortear las complejidades de su realidad. Con una narrativa cautivadora, la novela nos transporta a un pasado turbulento, marcado por secretos, traiciones y dilemas morales en un entorno donde la justicia se confunde con la venganza y los vientos del pasado aún moldean el presente.

Una ligera corriente de aire
ISBN Pasta dura: 978-1-63765-727-0
ISBN Pasta blanda: 978-1-63765-688-4
Precio Pasta dura: $25.95
Precio Pasta blanda: $17.95
Páginas: 288